U0566188

小说 工作细胞

1

〔日〕时海结以 著

〔日〕清水茜 原作 / 绘

王晓星 译

人民文学出版社
PEOPLE'S LITERATURE PUBLISHING HOUSE

著作权合同登记号　图字 01-2021-7373

图书在版编目(CIP)数据

工作细胞. 1/(日)时海结以著；(日)清水茜原
作、绘；王晓星译.—北京：人民文学出版社，2022
ISBN 978-7-02-015920-8

Ⅰ.①工… Ⅱ.①时… ②清… ③王… Ⅲ.①长篇小
说-日本-现代 Ⅳ.①I313.45

中国版本图书馆 CIP 数据核字(2022)第 029744 号

责任编辑　卜艳冰　郁梦非
装帧设计　钱　珺

出版发行　人民文学出版社
社　　址　北京市朝内大街 166 号
邮　　编　100705

印　　刷　凸版艺彩(东莞)印刷有限公司
经　　销　全国新华书店等

字　　数　62 千字
开　　本　787 毫米×1092 毫米　1/32
印　　张　4.75
版　　次　2022 年 3 月北京第 1 版
印　　次　2022 年 3 月第 1 次印刷

书　　号　978-7-02-015920-8
定　　价　35.00 元

如有印装质量问题，请与本社图书销售中心调换。电话：010 - 65233595

红细胞

因富含血红蛋白而呈红色，负责通过血液循环运输体内的氧气及二氧化碳。

白血球

负责捕杀细菌、病毒等侵入体内的外来物质。

血小板

聚集在血管的损伤部位，堵塞血管破裂口以达到止血愈合的效果。

杀伤性T细胞

听从辅助性T细胞的命令出动，识别并绞杀被病毒感染的细胞等。

辅助性T细胞
发布所有敌人的信息以及应敌对策。

巨噬细胞
一种白细胞，捕获并清除细菌等异物，及时掌握抗原及其免疫信息。

记忆细胞
免疫系统中的淋巴细胞，标记抗原，防备细菌及病毒的再次入侵。

B细胞
用抗体对抗细菌和病毒的淋巴细胞。

目录

1
受伤出血了
－ 擦伤 －

这是"某个人"的身体内部。

在这个身体中，有许多许多细胞在做着各种各样的工作。

如果把这里比作大街的话，那些像小区一样的建筑中生活着很多细胞，这些建筑的中间是一条条路，在这些路上，数不清的细胞在忙碌地工作着。

在这些路中，那些因为宽而显得很突出的就叫作血管。如果用人类社会来比喻的话，血管就是地下通道或者地下街的道路，有很高的顶棚，里面亮着灯，两侧还有墙壁。

在众多的细胞中，最显眼的是那些戴着红帽子、穿着红外套、用箱子来运送物品的细胞，他们的数量最多。

他们的名字叫红细胞。

在嘈杂的单行道上，在穿着红外套、熙熙攘攘的红细胞中，有一个是今天才开始上班的。

如果比作人类的话，她大概是女高中生。她的红色短发干净利落，玫瑰色的脸颊和嘴唇看起来很有活力，穿着短裤。

虽然她没有名字，但是可以看到她的帽子上写着编号：AE3803。

只见她推着一台看起来很重的车，运送的是写着"二氧化碳"字样的物品。

和她运送着相同物体的长发红细胞女孩一边用手护着车上的"二氧化碳"一边追了上来："3803，你怎么样？"

"你好，前辈！这是我第一次工作，我想先把线路都走一圈，先运送氧气通过肺部，再送到右脚脚后跟的地方，然后在那里接上二氧化碳，把它运回肺部。"

"啊，那你加油啊！这前面的岔路不要走错哦。"

"我会注意的！唔……要是想直接回到肺部的话……"3803拿出外套口袋里的地图。在她展开地图正要确认路线的时候，有什么东西叽里咕噜地滚到了她的脚下。

奶声奶气的声音传来："掉了，捡起来……"

3803 蹲下去捡起了一个毛线团。

"这个？"

"嗯！"

对面走来的是一个小学低年级模样的小女孩，她穿着一身浅蓝色的连衣裙，戴着一顶写着"血小板"字样的帽子。身后几个和她同样装束的小女孩正在一起运送一个大箱子，她捡到的东西似乎是从这个箱子里掉出来的。

"谢谢，红细胞姐姐。"

"不客气。"

小女孩接过线团，向小伙伴跑去。

3803 把目光从小女孩身上收回来，重新打开地图，发现自己刚刚拿倒了，轻轻地苦笑了一下："我从小时候开始就好容易迷路啊。"3808 叹了口气。

前辈看着她笑笑说："就是说啊，不过前面的路可不能掉以轻心哦。"

"为什么啊？"

前辈的表情一下子紧张起来："这前面就是静脉血管了，它离皮肤特别近。稍微有点冲击，就会……"

前辈的话还没有说完，"咚"的一声巨响，细胞们被剧烈地晃了一下。

"啊啊啊啊——"

不少红细胞都被这一冲击震得飞起来，差点撞到建筑物上。

"刚……刚刚是什……什么？"

"看……看那里！"

3803看向旁边男红细胞指的方向："好晃眼啊……"

从没见过的耀眼的光从血管高架桥下面发出来，连细胞们在小路上的住所都被照亮了。啪啦啪啦……街上的建筑物开始裂开，崩坏。

咚——

随着一声爆炸声，整个街道都被亮光充满了。

"啊啊啊啊……"3803大叫道，被吓得不轻。

3803 和其他细胞不知道，这个身体的主人、某个人类，正在踢足球，他和对方球员一起摔倒，摔伤了右膝盖。

3803 他们感觉到的爆炸冲击和"啪啦啪啦"的房子崩坏的声音，从这个身体的主人的角度来讲，就是疼痛的感觉。

伤口开始流血了。

"这……这是什么？"

街道开始裂开，出现看不到底的巨大的洞。

这时，3803 的身体突然腾空，被吸入了那个巨大的洞里。

"哇——啊——救命啊！"

周围的红细胞也开始被卷入那个洞中。

"啊——要被卷进洞里了——"3803 一边大叫一边在下落过程中扑腾着身体，突然右手被什么抓住，身体被拉了上去。

"没事吧？"有人小声问她。

3803 朝这个声音的方向抬头一看，抓住她的是一个穿着纯白色制服的青年，他长着白头发，戴着白帽子，肤色也很苍白。他现在趴在地上，半个身体从上面探出来，一只手撑在地上，另一只手紧紧抓住3803，慢慢把她拉上来，然后把她送到了安全的地方。

"谢……谢谢你，把我从危险的地方救出来。"

青年冷酷地答道："不用道谢了，我在这里还有工作，你快逃吧。"3803看到他的白帽子上写着"白细胞"的字样，别在帽子上的徽章编号为1146。

（是白细胞啊。白细胞和我做着不同的工作吧，衣服也不一样。）

"好帅气！"3803不假思索地小声说道。

她注意到，白细胞在身体里的数量没有红细胞那么多，白细胞就像是血管里的巡警一样，很警觉地走着。走在前面的白细胞1146感觉到红细胞3803的目光，不好意思地回过头来说："那个……没关系。"

"啊……嗯，这个……是什么呀？"3803指着刚刚自己掉进的那个洞问道。

"新来的吗？"1146 嘟囔了一句，然后平静地解释道，"因为外面的冲击，血管的外壁，也就是普通细胞的街道被破坏，在血管里前进的红细胞等细胞会从那里流出，也就是所谓的擦伤。那个洞是擦伤的伤口。如果从那个伤口流出去的话就没有然后了，再也回不到这边的世界了。据说在外面我们是不能存活的。"

"掉……掉进那个洞里的话，就没有然后了？这不是很严重吗？应该快做点什么啊！"

（前辈和周围的小伙伴都掉进去了啊……）

3803 被吓得哆嗦了起来。

"你同伴的事情我深表遗憾。但是你也不要再担心了，这个伤口已经立马被堵上了。不过，这之前可是经过了一番苦战，那真是……"1146 正说着，突然叫了起来，"啊，来了！快趴下！"

他把 3803 一把推到瓦砾形成的山的阴影里，挡在她的前面保护她。

"嗯？"

"呜哇——"

妖怪一边呻吟着一边从洞里飞出来，它们颜色不同，形状各异，不断地从洞里飞出来，然后蠕动着前进。

现在出现的这些妖怪的体型大概比白细胞和红细胞大一两倍，从头部、腰部和背部长出不少黏糊糊、不断蠕动着的触手。

1146 的帽子上，有点丑的圆形探测器像天线一样伸了出来，没什么用地叮咚叮咚响个不停。

"发现抗原，是和上次一样的家伙，要出马了吗，细菌怪物朋友？" 1146 大叫着，摆出了打架的架势。

怪物们发出可怕的笑声："哈哈哈哈，这里就是人体内部啊？"

"不错啊，不错啊。"

"曦曦曦，真的和传说中的一样，伙伴增多了就会到人体内来哦。细胞朋友好多哦，可以一饱口福了。"

"来吧，征服这个人的身体吧！"

目睹了这些可怕的细菌，3803 被吓得腿都软了。

"哇啊啊啊——"

"快逃啊!"

被1146这么一喝,3803张开双臂准备逃跑。

"等一等!红细胞!"3803的背后有一个细菌怪物袭来了。

"不要!"

1146从绑在大腿右侧的夹子里抽出战斗时用的刀子,刀刃的白光闪了一下,他佯装要从细菌怪物身边走过,实际上是朝着细菌的怀里一扑,用刀子割了细菌的喉咙。

"啊——"细菌怪物惨叫一声,从喉咙里喷出的液体溅到了1146身上,倒在地上,一动不动了。

3803躲在瓦砾山的阴影里,看到了上述场景。(白细胞的工作就是和来自外面的细菌怪物战斗,并打倒他们啊。)

但是,细菌太多了。白细胞伙伴们急匆匆赶来,战斗非常激烈。

(白细胞,好厉害啊,但是……)

3803向白细胞喊道:"白细胞,快来这边战

斗，要不会被伤口吞噬的。"

"不要管我，快走，快点逃，快点！"

"可……可是……"

这时，红细胞的前辈从瓦砾的后面探出头来，突然来到3803的旁边，问道："你没事吧？"

"啊，前辈你活着啊，太好了。"

"你在磨蹭什么啊？"

"但……但是……"

3803还在担心1146，回头看他的时候，她的脖子被前辈一把搂过去。

"走喽！"

被前辈这么一搂，3803只能跟着前辈逃走了。

（白细胞，我丢下你一个人逃走了……）

"要做点什么有帮助的事情。"准备向别的血管逃跑的3803这么想。她朝正在这里搬运二氧化碳箱子的红细胞大喊："不……不得了了，现在对面有很大的擦伤，从伤口进来了乌泱泱一大堆细菌，大家快点逃啊！"

此时……

"这个身体，已经被我们占领了。"有两个细菌追了过来。

"啊——"

"糟糕，是细菌啊！"

红细胞中发生了大骚乱，大家纷纷丢下二氧化碳的箱子准备逃跑，但是挡在前面的是阻止血液倒流的大门——静脉瓣。因为静脉瓣的存在，细胞在血管中只能单向通行。

血管的大门关得紧紧的，红细胞无能为力。

"呜呜，要被杀了啊。"

"救救我们，救救我们。"

细菌怪物用可怕的语气向挤来挤去、不断哀号的红细胞叫道："哈哈哈，做好赴死的准备吧，哭也没有用。"

正在这时，一支新的白细胞战队到了。他们全部是穿着白色战斗服的青年人，他们帽子上的圆形探测器也都叮咚叮咚地响个不停。

这个警报好像意味着发现了敌人，准备战斗。

他们马上就打倒了两个细菌怪物。但是，叮咚的声音还没有消失。

"还有漏网之鱼啊？"

"其他的细菌在哪里呀？"

"擦伤的伤口在哪里？"一个白细胞一脸杀气地问道。

"在……在那边！"3803往刚才逃出来的方向一指。

"好的，谢谢你！"

"这些混蛋抄了近路！"白细胞使劲打开血管壁上的门，冲了出去，消失在红细胞的视野里。

"那……那里也有门吗？"3803吃了一惊，于是也去推刚刚被关上的门，但是门纹丝不动。

"嗯？"

"那是只有他们才能通过的门哦。"前辈走到3803身边，告诉她。

"这是叫作游走的技能，有一部分白细胞掌握了这个技能，可以在血管中抄近路，从血管壁的一端穿到另一端，可以不遵守单行的规则。这样他们就可以尽快赶到有敌人的地方。"

"啊，好厉害。"

"现在，已经有很多支白细胞部队去伤口处集结了，应该已经没关系了。"

前辈这样安慰她，可是3803还是很担心。

（应该没有从伤口掉下去吧？没有受伤吧？）

红细胞们虽然松了一口气，但是现在还是吵作一团。

"白细胞来救了我们!"

"应该……已经没事了吧?"

"不是吧，还是不能掉以轻心，细菌怪物还在蠕动着涌进来呢。"

"从伤口掉下去的话，就完蛋了啊。"

"是啊，希望他们能撑住。"3038也祈祷道。

（白细胞先生，请你一定要平安归来，一定别受伤啊。）

这时，白细胞1146正在伤口附近和细菌怪物展开苦战。他和其他白细胞相隔一段距离，所以他独自被细菌怪物追到角落围了起来。

"白细胞小子，接招吧！"

咻的一声，在1146脑袋上方的细菌怪物把它长着利刺的触手伸了过来。1146一手抓住这个触手，一手拿刀嗖地切掉了它。细菌怪物怒不可遏："你小子不要得意！让一切都静止吧！"

它好几只满是刺的触手一边相互纠缠一边朝1146的胸部和肩部刺去，同时扑哧扑哧地刺着血管壁，触手上的刺已经深深刺入了血管壁中。

1146的上半身也已经完全被勾连着的带刺的触手抑制住了。

刚才追击1146的细菌怪物命令它的伙伴们："好嘞，现在这个白细胞已经完了。你们去别的地方对付白细胞吧，那些白细胞是些不知悔改、会从血管壁突然钻出来的家伙。"然后他又朝1146的方向走来。

"哈哈哈，你现在被像刀刃一样锋利的带刺触手包围，一动也动不了。"

1146瞪向细菌怪物时，全身的力量都聚到一起，他把触手上的刺全部揪了下来。他换另一只手抓住触手，把细菌怪物一下摁倒在地，然后立刻用身体压了上去。

"蠢货——"细菌怪物大叫道。就在这时，1146快速用刀切断了细菌怪物的脖子。

"啊——"咚的一声，细菌怪物彻底倒在了地上。1146大口喘着气，环视了一下周围，看到一个细菌怪物倒下了，其他细菌怪物一个个都在地上翻滚了起来。

"呵，真妙啊，这些家伙准备不和我战斗，直接逃到身体里面去。"

原本顶多一个白细胞，本来不足为惧。但是现在，他们都停下脚步，等着刚刚那个触手上长满刺的家伙的命令，一个个地朝1164攻击过来。

胸口口袋里的对讲机响了："1146，你附近的2048正在艰苦战斗，你去帮他一下。我们处理完这边的细菌之后就过去和你们汇合。这次有点不对劲，细菌都像拼了命一样冲上来。小心点哦。"

"知道了。"

（拼了命？它们的目的，到底是什么？）

1146思考着，同时也让因受伤而疼痛的身体兴奋起来，他向更靠近伤口的地方跑去。

就在伤口的旁边，2048正在保护几个没来得及逃跑的红细胞，同时一个人和细菌怪物战斗着。1146奋力一跃，从背后把细菌砍倒。

"谢谢你救我！1146！"

在天花板附近的空中飘着的细菌怪物正像看傻子一样看着眼前这两个哼哧哼哧喘着粗气的白细胞。这个细菌没有触手，只长了一个尾巴，但是这个尾巴比它的身体还要长，很粗壮，看起来很有力量。

"哼，你很厉害啊，不知道能坚持到什么时候啊。"

面对瞪着它的1146，黄色的细菌怪物冷冷地说："从外面还会进来很多细菌哦。"

确实如此，从伤口的洞里，还不断涌出怪物。它们不断地抵达，翻过瓦砾山。

"可恶！"

1146摆出战斗的姿态，这时候，血管壁上的门被打开了，白细胞穿着整齐的白色战斗服，戴着统一的白色帽子说："我们来支援你了！"

"得……救了？！"

伤口有很强的吸力，1148赶紧收回腿。"啊！"他急忙打开了战斗服中的装置开关，身体被甩到了地板上，停住了。2048也是。

白细胞之所以能在伤口附近战斗并且不掉进伤口，是因为白细胞战斗服中有这个装置，它可以让白细胞的身体吸附于地板或者墙壁。但是……

"啊啊啊啊……"

"笨……笨蛋。4989！快点打开装置开关啊！"

一个来救援的队员被吸进了伤口里，空留下1146悲伤的声音：

"啊……"

1146和2048在发出悲鸣的时候，突然被偷袭了。

"被算计了！"

等注意到，他们已经狠狠挨了一记黄色细菌怪物的尾巴，两个人一起被打飞了。其他来支援的队员也被其他细菌怪物的触手牵制住，不断被打到瓦砾的这边。

黄色细菌怪物得意地笑道："啊哈哈哈哈哈，你们的伙伴，真是靠不住啊。"

"啊！"

"哎呦呦，看起来真是可怜啊。我们打扫战场吧。"

接到命令，细菌怪物们以超快的速度晃动起触手。触手前段尖锐的指甲不断伸向白细胞们。

白细胞想用刀子反击，切掉这些触手，可是触手运动的动作太快了，难以下手，徒留刀子在空中划来划去。

"你们已经累了吧？为了不掉下去扒在地板上已经非常吃力了吧？"

咔嚓，咔咔，刀子和触手接触的声音不断响起。

由于细胞怪物数量过多，所以白细胞也只是用刀招架一下，根本没有进攻的功能，他们也根本动不了。不止1146，其他的白细胞也浑身是伤。

"哈哈哈，真是不堪入目啊。你们中性粒细胞每天都要为了保护普通细胞而战斗的啊，可在你们千钧一发之际，谁也不会来帮你们的。"黄色细菌怪物轻蔑地说道。

1146冷酷地回复道："哟，不是光叫我们白细胞了，还知道我们的正式名字——中性粒细胞呢？看起来你学习了不少知识哦。"

"那是当然了，我也希望自己的名字可以被记住啊。我是黄色葡萄球菌，征服人的身体，稍微使点手段就可以了，我可是很厉害的细菌。"

"所以呢？什么当然？"

"我是说我当然好好调查过你们了。从伤口进来的细菌，需要自己判断前方的路。在白细胞中间，有一种叫作中性粒细胞的杂牌军。即使同样是白细胞，巨噬细胞和单核细胞等有能力的人会等待司令部的命令。他们现在来晚了。一种叫作淋巴细胞的很厉害的军队也会更晚才到。"

是的，就像这个怪物所言，白细胞也有不一样

的职位，穿着白色制服在血管中巡逻的是中性粒细胞，他们是警察一样的存在。战斗能力更强的白细胞和那些像军队一样的淋巴细胞，如果没有司令的命令是不会行动的。是因为他们战斗力太强，在战斗的时候可能会伤及周围的细胞。这个时候人类会感觉到"剧痛"和"肿胀"。

也大概只有在敌人数量过多或者没有交过手的劲敌来袭这样非常紧急的情况下才能出动这些专家。

黄色的细菌怪兽接着用轻蔑的口吻说道："知道吗？只要处理了你们这些中性粒细胞，这里就是我们的世界了，你们这些愚蠢的细胞，和你们说了你们也不会懂。"

突然，清脆的一声响，不断摇晃着的触手的尖端被1146的刀子控制住了。

"啊，不能动了，看起来文文弱弱的你竟然有这种力气？"

1146很冷静地说："原来是以我们为目标的啊，真是太想打败我们了啊，黄色葡萄球菌，准备后事吧！"

"什么？"

"你忘记了最重要的细胞，不是巨噬细胞，也不是单核细胞，不是淋巴细胞中的杀伤性T细胞，而是我们另一位强有力的助手。"

"剩下的还有谁可以战斗呢？不服输也不要吞吞吐吐呀。"

"是可以逆转现状的专业人士哦。"

就在黄色细菌要终结这段对话的时候，一阵脚步声沙沙沙地响了起来。

"是……是谁？"

怪物一回头，正好看到了瓦砾那边出现的——

"辛苦了！"

那边出现了一群小女孩，背着GPIb标志的背包，肩上挎着斜挎包，穿着浅蓝色连衣裙。如果用人类作比的话，应该是小学女生的样子。

"什么？这些小矮子？"

武器也没有拿，怎么看她们也不像是战斗人

员，细菌怪物们起初吓了一跳，反应过来后开始嘲笑她们。

帽子上写着"血小板"的女孩子们开始列队，领队给出指令。

"不要和同伴分开行动！"

"是。"

"不要和其他孩子吵架！"

"是。"

"好好使用GPIb，不要掉进伤口，你会飞出去。"

"是。"

她们整整齐齐地打开背包中的开关，和白细胞服装里的装置一样，这下她们不会再飞出去了。

"凝血因子带了吗？"

"带了。"

她们从挎包里拿出那个毛线球一样的东西，动作整齐地高高举起来。

"好，那么，行动！"

领队话音刚落，血小板们解开毛线球，扔了出去。

"什么?"

嗖嗖嗖,毛线一下子伸长,相互连接,形成了网,立刻覆盖在了伤口上。

"嗯?真的假的?"

黄色的细菌惊呆了。

"在伤……伤口上结网堵塞伤口,这不是细菌的绝技吗?"

蹲在地上、筋疲力尽的白细胞们站起身来:"这样一来,就不用担心细菌会增加了。"

"那么,只有这里有细菌了。"

"把他们全部消灭!"

获得了勇气和动力的白细胞们合力去追赶一个个细菌,要把它们消灭殆尽。毫无还手之力的细菌怪物们被消灭的被消灭、逃走的逃走,最后只剩下一个黄色细菌了。1146 站在它面前说:"血小板体型小,在复杂的血管中也能自由穿行,快速地来救我们。"

"呜呜。"黄色细菌呜咽了起来。

"你的同伴可真是靠不住啊。"

"这……这你和我讲，我现在也只有一个人了啊。"

脸逐渐扭曲、咬牙切齿的黄色细菌突然伸出了带有铁钩的触角。

"已经晚了！"

1146躲过了触角，并对细菌怪物发出致命一击。

"啊……"

打败敌人的1146从天上掉了下来，落到了伤口的网上。

"呼——"

于是，这次战斗结束了。

"辛苦了！"

血小板女孩子们聚过来慰问他。

这个网上有很多瓦砾，1146躺在上面回头一看："啊，4989还活着！"

"嗯，刚刚吓死我了。"被困在瓦砾中间的4989用微弱的声音答道。他似乎是在要掉下去的最后时刻打开了装置的开关，然后被伤口附近的瓦砾挂住了。

"太好了！"

1146 松了口气，摸着自己的胸口，这时他听到了熟悉的声音："白细胞先生，白细胞先生……"发出声音的正是在伤口边上望向 1146 的红细胞 AE3808。

"啊，你在这里，白细胞先生！"

她一下子跳到了网上，落在白细胞的旁边。

"你没事，太好了。"

3803 蹲了下来，用很认真的表情说："那个……真的……谢谢你！"

"你不用特地来道谢的，我只是做了我的工作而已。"

3803 立刻疯狂地摇起头来："不不不，我说什么都想和你当面道谢，所以才来的。白细胞先生和那些细菌战斗，血小板们堵上了伤口的洞，你们守护了血管的平安，可是红细胞只知道逃跑，什么也做不了……所以道谢这件事必须做。毕竟除了道

谢，红细胞也做不了其他的事情了。"说着说着，3803 的眼里噙满泪水。

1146 严肃地回答道："不，没有这回事，红细胞，这次你也正在发挥作用……"

"嗯？正在？"

她靠近 1146 的脸，想听得更清楚一些。

"说到这个，白细胞先生，你怎么从刚才开始就一直窝在这里不起来啊？我好像也不能动了。"

"这是因为，由凝固因子形成的纤维织成了这个网，现在这个网就像是涂了胶水一样黏黏的。"

"胶水？啊！真的，我的手和脚就像被胶水黏在了这个网上一样。"

"我也被黏住了。"

站不稳的 3803 大喊道："那个……前辈也被纤维黏住了，血小板们来拉我们一下。"

红细胞的前辈还有其他几十个细胞被纤维黏住，血小板女孩们正在拼命拉他们。

连这个事情也不知道吗？ 1146 不禁心里一惊，但还是心平气和地告诉 3803："血管上有一个洞的话，在修成细胞街上的门之前，需要我们这些细胞用身体挡住这个洞。"

1146话音刚落，从他们上面传来轰隆轰隆的声音，是一些白细胞和红细胞被扔了下来，这个网现在被撑得更大了。洞里一下子被撑得满满当当的，3803一动也不能动，她问1146："白细胞先生，完全动不了了，这个状态会保持多久啊？"

"大概三天吧。"

为了堵住伤口，红细胞们被塞在网上的这种状态叫作"血栓"，血栓的外侧部分被人类称作"疮痂"。

"啊——"3803大大地叹了口气。

"没有办法啊，就先这样吧。"

"也是啊，那就调整状态，重新自我介绍一下吧，我是叫作AE3803的红细胞，你呢，白细胞先生？"

"为什么要问名字啊？"

"好不容易用这种方式相见了，交个朋友吧。而且，我今天才开始工作，什么也不懂，特别是，我完全不了解其他的细胞。"

3803 正好在 1146 的旁边，她嘻嘻一笑，等着 1146 回答。没法逃走的 1146 死心了，回答道："我是中性粒细胞 1146。"

"粒……粒细胞？你不是白细胞吗？"

"白细胞有很多种类，工作内容也不一样。中性粒细胞的工作一般是在血管中巡逻，发现入侵的抗原，也就是敌人的时候，快速干掉他们。"

3808 发出了崇拜的惊叹："哇！我的工作是从肺部运送普通细胞需要的氧气到指定的地点，然后同普通细胞交换他们在工作时产生的废料——二氧化碳，再把这些二氧化碳运回肺部。"

"我知道。"

"那……那我们运送细胞营养给普通细胞，再从细胞那里接收垃圾的事情呢？"

"也知道。"

"好厉害，为什么白细胞先生都知道啊？"

"因为我每天都会在血管里巡逻啊。"

3803 的眼睛因为崇拜而变得亮晶晶的。"那……你帽子的后面这个圆圆的东西是什么？从刚刚开始就一直响。"

"感应器，只要抗原出现在附近，就会响。假装成正常细胞的抗原和藏起来的抗原都能被探测到。"

"好厉害！但是，不能再设计得好看一点吗？这个战斗服也像工装一样。"3803嘟嘟囔囔道。

"你说什么，红细胞？"

"没……没什么。但是白细胞先生超级帅气，嘻嘻。"

2

阿嚏!

－打喷嚏－

被黏在网上之后的几天，红细胞3803和白细胞1146很开心地聊了天……哦，不！对于直白而不爱聊天的1146来说，算是听了很多话。

　　最终没有成为好朋友的3803和1146，在被从网上救下来后便回到了各自的工作岗位。3803在往肺部运送二氧化碳的时候，遇到了正在巡逻的1146。

　　"你好啊，又见面了呢，白细胞先生。"

　　然而，正在和队友联络的1146看起来很急，快跑了过去，3803推上装着二氧化碳的车，追了上去："怎么了？"

　　"怎么又是你啊？没想到这么大的世界还会再见。"

　　1146脸上闪过一丝焦虑的表情，但是马上恢复了没有表情的状态，耐心地解释起来："刚刚接到通知，有一种叫作肺炎球菌的可怕敌人正在向肺部行进。"

"肺炎球菌？"

"也是一种细菌，它全身裹满了病毒，会在肺部增殖，增殖到一定数量就会造成肺的损伤。"

"糟了，我现在就是要去肺部。"

因为担心肺的状况，3803追上了正要跑向肺部的1146。

"不止是肺有危险，细菌如果逃到血管的其他地方也很棘手。"

"又要攻击我们吗？"

"那些细菌会把你们溶到毒液里，做成食物。"

"啊？"

"增殖的细菌会在血管里穿梭，攻击身体，最终让整个身体崩溃。而且他们行动很快，在24小时以内就能增殖到可以攻击整个人体的数量。"

"啊，怎么会这样？"

被吓到的3803一下子抱住了1146的胳膊。1146害羞地挣脱了，手臂碰到了写着"二氧化碳"字样的箱子。

突然1146的探测器啪的一下立起来了，开始叮咚叮咚大声作响。

"它们就在附近，我们一定得找出来！"

3803也来帮忙，他们俩在附近找了一圈，没有发现可疑的迹象，也没什么头绪。只是探测器还是一直在响个不停。

"没有找到啊。你现在也有点危险，你快回到工作岗位上吧。"

"是啊，我必须去肺部了。"说着，3803看了一眼自己推着的运送二氧化碳的车。

"要去肺部啊，反正它们的目标也是肺部，有点危险，我和你一起去吧。"

"谢谢，我真的有点害怕。"

"快点跟着我走吧。"

3803和1146来到了肺的入口处。这里是红细胞装卸物质的交通枢纽。

"这里和平时一样热闹啊，红细胞来来往往，暂时还没发生什么可怕的事情。"

"可能细菌被赶走了吧。"

"不可能，探测器一直在响呢。"

听着叮咚叮咚的声音，1146歪了歪头说："是不是出故障了啊？"

再看了一下周围，1146收起了脸上微微的笑意："我在周围走走，就和你在这里告别了。"

"谢谢你陪我走到这里，白细胞先生。"

"辛苦了，注意点哦。"

3803回了1146一句"辛苦了"，就推着装载着二氧化碳的车子向肺里面走去了。氧气和二氧化碳的交换需要在叫作"肺泡"的小房间里进行。3803通过狭窄的毛细血管，朝着肺泡走去，她一边走一边自言自语："前辈说毛细血管的路很窄，所以必须遵守每次一人同行的礼仪。"

3803打开毛细血管上的门，在门上挂上"正在使用"的牌子，然后推着车走在没有其他人的路上，最后对着路尽头的肺泡房间的门说了一声"打扰了"，打开了门。

因为每次只能通过一个人，所以现在路上和房间里一个人都没有。

"放在这里，然后搬氧气，氧气应该是在那边……"

就在3803想把二氧化碳的箱子卸下来的时候，突然听到窸窸窣窣的声音，异常锋利的指甲从箱子里面伸了出来，切断了封着箱子的胶带。

"嗯？"

箱子的盖子开得更大了些，3803突然看到一张吓人的细菌怪物的脸。它青色的上半身从箱子里探出来，阴险一笑，用很低沉的声音说："你好，谢谢你把我送到这里哦。"

（啊？怎……怎么会？）

这个细菌的样子可怕至极，从头顶和腰上长出好多触手，这些触手像波浪一样抽动着，软绵绵的，每一个触手的前端都有很尖锐的指甲一样的东西。

直觉告诉3803，这就是肺炎球菌。她大叫一声准备逃跑。但是，就在她想拉住门把手开门的时候，啪的一声，细菌的触手把她的手定住了，接下来伴随着"啪""啪"两声，她的肩膀和胳膊也被

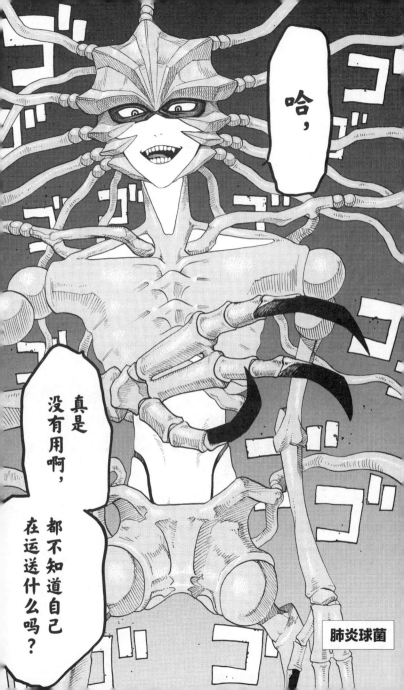

控制住了，门被拉上了。3803的腿都软了，抖抖索索，动弹不得。她就这样被困在了怪物的触手所构成的夹缝里。细菌怪物冷笑一声："哈，真是没有用啊，都不知道自己在运送什么吗？"

3803愤怒地想："你就是躲在了普通细胞没有用过的空箱子里吧！今天去取应该运送的二氧化碳时，普通细胞不在家，家里也乱七八糟的，就像是逃难丢下的家一样，只留下一张写着"我不在家，请把箱子送到肺部"的字条，当时旁边就有一个二氧化碳的箱子。细菌怪兽应该是先把箱子顶在头上，然后从里面把箱底合上的吧。"

"那是你的诡计！"

"现在发现是不是晚了点？哈哈哈。"细菌像取得胜利一般笑道，然后突然靠近3803的脸，舔了舔自己的嘴，说："先填饱肚子怎么样？"

3803想起1146的话，"那些细菌会把你们溶到毒液里，做成食物"，她感到绝望，在心里喊："谁能救救我？"

"你呼救也没有人会来救你，这里每次只能通过一个人，谁也不会经过这里，也不会注意到你。"

（呜呜呜，谁来……救救我？）

"那就开饭啦——"

3803闭上了眼睛，身体僵硬到一动不动。

咔嚓——

天花板掉下来一块，从这个缺口中飞出一只穿着白色鞋子的脚，一脚踢在了细菌怪物的头上。

"呜哇。"

细菌怪兽的触角松开了。这时，一个白色的身影快速把3803揽到自己的身后，整个人挡在了3803的前面。

"白细胞先生！"

是1146！

"找到你了，肺炎球菌。"

"中性粒细胞！"

细菌怪兽的脸扭曲起来，回过头。

"你说谁也不会来这里，调查得不彻底啊你，我们可是游走在血管中的，可以自如穿梭血管壁。"

"好气！我就说你为什么会出现在这里，现在我懂了！"

面对伸出所有触手的细菌怪兽，1146 抽出战斗中用的刀子，反手持刀和细菌怪兽对峙。

"我和红细胞一分开，探测器就不响了。我当时就想，不会是红细胞运送的箱子有问题吧，就追了过来。"

"混蛋！"

细菌怪兽一边大声地骂骂咧咧，一边用还在箱子里的一只脚把箱子提起来当盾牌，然后从箱子后面伸出尖尖的触角。

1146 一把拽开门，抱起 3803，把她放到了门外，放下她的瞬间，3803 立刻单手飞出去两把小刀。这两把刀正好刺入怪物的躯干，细菌怪物有一点害怕了，趁着这个空当，1146 拿出了大的刀子向细菌怪兽袭去。

"混蛋！"

在怪兽的肩膀上划出一个口子的刀掉在了两个触手之间的网上。这时 1146 的衣服里"咻"的一声冒出一阵烟，这烟发出了奇怪的气味。

细菌怪兽把伸展的网放到自己的前面，呈一种防守态势。它看起来不是那种可以在空中战斗的类型，两脚扎实地踩在地上，身体做好了准备。

"荚膜……"

3803 对着自言自语的 1146 问道："那是什么？"

"那是荚膜，是肺炎球菌所持有的带毒的盾牌。"

"这个烟是因为衣服受到毒气侵袭而冒出来的，衣服发生了变化吗？"

"这个程度的毒还没问题，但是，如果超过这个浓度的话，就不能近身搏斗了。"

虽然话这么说，但是细菌怪物的触手还是弯弯曲曲地伸出来，穿过网不断地袭来。1146 一边保护 3803，一边防着尖尖的触手，注意力非常集中。

"不太妙，白细胞先生，你快丢下我这个笨蛋逃跑吧。"

3803 觉得情况变成现在这样都是自己的错，正在自暴自弃，1146 冷静地对她说："用那个。"

这个低沉又冷静的声音让3803回到了现实。

"往那边跑。"

"这…这边吗？"

3803朝着肩膀被按着那个方向全力跑去，1146一边在背后保护她一边和她一起跑。

"要跑吗？在征服这个身体之前，先用你们来血祭吧。"

细菌怪物一边挥动着触手一边朝他们追过来。1146用小刀挡回向他们伸出的触手，被弹到墙上的触手又在墙上留下了很多裂痕。

"在这里右转，红细胞。"

"好，好的！"

逃跑，触手袭击，用刀子挡开触手，触手被弹到墙壁上，在墙壁上留下痕迹。这样反反复复几个回合，细菌怪物开始变得烦躁。

"你们准备一直抱头鼠窜吗？"

他们利用血管的转角处和血管壁挡住触手，拼命逃啊逃，等他们回过神来，发现自己已经不在毛细血管中，再次回到了明亮而宽阔的大路上。1146

在路中间停下了脚步，他一边掩护着3803一边回过头去看细菌怪物。

"怎么了，白细胞？想投降了吗？"

1146对着3803小声说道："再往后一点点。"3803听话地慢慢向后走了走。

"我的伙伴都被你们杀死了，我也要杀掉你们。"

叭的一声，细菌怪物出现了，踩在了大路的线上。哔哔哔哔，尖锐的警报声响了起来，3803吓得大叫起来。

在道路的两侧，像是炮筒一样的装置突然一起出现，从中鼓出透明的半圆形密封舱，这些密封舱夹住细菌怪物，完全贴合在细菌的身上，然后变成整个球体。这时响起一个人工智能的声音："成功捕获细菌。"

3803终于注意到是1146按下了捕获装置的开关。肺炎球菌被完全关在球状密封舱内了。

"接下来，排除细菌。"

"嗯？这是干什么？等……等一下，为什么这个密封舱不能割破，不能溶解？"

3803 和细菌怪物有一样的问题。

1146 冷酷地答道："没有用的，这个密封舱从里面的任何地方都不能被割开。而且，这里是支气管，你们知道意味着什么吗？"

细菌怪物像是泄气了一样安静下来。1146 向丝毫不懂的 3803 轻声说道："一起参观一下这里吧。"

密封舱是从天花板上投下来的，两侧被像是铁拳一样的装置负责固定和运输。从天花板开始的传送带自动降下来，让密封舱到传送带上，把密封舱运送到不同的地方。

1146 带 3803 来到位于人体喉部的"气管"展望台。在这里可以看到鼻子和嘴巴等通往不同世界的出入口，可以在这里增长知识。

富含氧气的空气，富含细餐食——营养物质的食物，水分等构成人体的物质，使人体能够运转的所有物质，都可以在这个出入口看到。这是"鼻孔"隧道和"嘴巴"的门。而且二氧化碳也是从这里出去的。

（第一次来这里……）

阳光透过展望台巨大的窗户照进来，特别刺眼，3803 不停地眨眼。等渐渐适应了这里的光线后，3803 发现这里是比她见过的叫作血管的路都要宽好多好多的隧道。在隧道的尽头，门开着，那里是一望无垠的白色。看起来那里什么都没有，没有上也没有下，没有明确的朝向。（门那边的世界和这边细胞们熙熙攘攘的街道完全不同，那是有点想象不到的世界。构成这个世界所有的东西，对于别的世界来说可能也是不知为何物的事物。）

1146 去饮品区用纸杯在自助茶水机上接了一杯茶，对着正在思考的 3803 问道："你想喝点什么？"

"那，我也要和你一样的。"

1146 又接了一杯茶，递给了 3803。

"谢谢。"

在窗户外面，一根半透明的蛇纹管从上面伸了下来，一下子朝斜下方伸了下去，在蛇纹管的里面，密封舱掉落了下来。在密封舱里面，刚刚被捕获的细菌怪物正在不停地挣扎。

隧道的地面打开了，升上来的是——

"哇，哇啊，这是什么？"

"火箭，而且是超大火箭。"

"上面写着'喷嚏一号，腹部'呢吧？"

"确……确实。"

巨大的火箭"喷嚏一号"上面的舱口啪嗒一声打开了，连接舱口的管道里的密封舱进入了火箭，这时，人工智能的声音响起："倒数开始，10，9……"

1146 接着说明道："听说那个细菌的伙伴已经把火箭塞得满满当当了，最后再加上他，就达到火箭的最大负载量了。"

"诶？"

"还有被称为'咳嗽'的，也是用相同的装置和原理，另外有一种叫作'鼻涕'的，是从鼻子的隧道中放出的大量的水，也是一样的原理。"

"哦……哦。"

3803 虽然不太懂，但是先应承了几声。倒数还在继续。

火箭的引擎已经点火，轰鸣声在隧道内回响。

"发射。"

轰的一声，火箭冒着烟发射了出去，快速地向门的那边飞，火箭的最前端打开了，分裂出无数的小型火箭。

1146唰地举起右手，敬了个礼："再见了，细菌。"

啊啊啊啊啊啊啊啊啊啊嚏！

那些由塞满了细菌的密封舱形成的小型火箭，在发出这样奇妙的声音后，全部爆炸了，变成尘土消失得无影无踪。

"再见了，细菌。"

被爆炸震撼的3803听到这个声音回过神来，对着已经转头走掉的1146说道："白细胞先生，这就要走吗？"

"嗯，我还有工作。"

"那个，白细胞先生！"

1146 停了下来。

"我们……还能再见吗？"

"像我这样的白细胞还有许许多多个。"

"这么说，红细胞这个岗位有更多人呢。"

在"某个人的身体"里血液的量是体重的 7%—8%。如果体重是 50 千克的话，那么血液就是 4 千克。

在这 4 千克里，大约有 1.5 千克—1.7 千克是红细胞，白细胞只有 50 克—55 克。但是在现实中，红细胞的直径大概只有 0.01 毫米到 0.014 毫米。这些微小的细胞聚集起来，从几克到几千克，是非常非常非常多的细胞的功劳。

因为失望而垂头丧气的 3803 听到了一个小小的声音："我们在同一个世界里面工作，终有一天会再见面。"

3803 抬起头，转身一看是 1146 微笑着在说：

"再见，红细胞。"

3803 开心地点了点头，举起手想要和 1146 道别，突然 1146 的探测器又开始叮咚叮咚地响起来。

"细菌在这附近！你快点逃！"

看着 1146 离去的背影，3803 用力地挥了挥手。

3

糟了！身体乏力和发烧

－ 流感 －

"谁……谁来救救我？"

听到在远处有少年在大声呼救，白细胞1146朝着声音传来的方向赶去。从刚才开始，他帽子上的探测器就响个不停。

这里是咽喉的深处。

在血管壁里来去自如的1146，从路上一个隐蔽的门里跳了出来。

这里是一般细胞住的小区，连接各个小区的是又细又长的小路。

这里有一个少年被几个僵尸袭击了。

这些僵尸在变异前是普通细胞，现在还穿着普通细胞的衣服，但是脸色和样子看起来很怪异。他们身体上长满了细小的刺，在头上戴着一个像帽子一样的东西。

"发现抗原。"

抗原——可能会破坏"某个人的身体"的可怕的敌人。

1146 从右边大腿上的袋子里抽出了战斗用的刀子。

这些僵尸曾经是普通细胞，死去后成了现在这副被操纵的样子，1146 抽出刀子，开始砍杀这些僵尸。僵尸们把手伸进肚子里，从里面拿出满是刺的棒子，它们的帽子上也全是这样的刺，它们把这些棒子不断向 1146 投去。这好像是它们的攻击方式。

1146 尽力躲过这些棒子，不断接近这些僵尸，最终把它们砍倒了。

"喂，你没事吧？" 1146 对着在路边靠墙稍微休息的少年说道。

"谢……谢谢你，呜呜呜。"

感觉突然安全了，少年忍不住哭了起来。

少年穿着黑色制服，戴着黑色帽子，帽子上写着"初级"。

"这附近有好多那种僵尸，简直成了僵尸街。"

"你在这里做什么呢？你属于哪个部队啊？" 1146 问道。看少年的战斗服，应该是属于特种部队的 T 细胞，如果是属于这个部队的话，那白细胞也会称呼他们淋巴细胞。

"我是初始 T 细胞，从属于 T 细胞战斗部队，现在正在侦查。前辈说这里的情况有点可疑，让我来看看。"

"原来如此。"

"这个街上怎么会有这么多僵尸？"

"大概是病毒吧。"

"哦。"

1146 指着僵尸头上帽子一样的东西说道："这是病毒。它们光凭自己是不能生存的，虽然它们也是生物。它们为了增殖，需要借用其他生物的身体。扔过来的棒子是它们利用细胞的身体材料生殖出来的病毒。被占用身体的细胞，体内是空的，成了僵尸，已经不能活过来了，就是死去的肉体而已。"

"那么被这个棒子砸到的话……"

"被砸到的话就完了。"

初始 T 细胞因为恐惧而忘记了哭泣，吓得脸都青了，身体哆哆嗦嗦个不停："这是……病毒啊。"

"是啊，其实病毒也有数不清的种类，这次的是流感病毒，应对方法只有在其增长之前完全歼灭。"

路的另一边又有十几个僵尸涌了出来，身体摇摇晃晃，不受控制似的，走起路来怪瘆人的，眼神空洞，面瘫似的张着嘴。

在做好战斗准备的1146旁边是大叫着的初始T细胞："啊啊啊啊，我不行的，病毒这种强敌，我打不过的，我就在这里一动不动地等你。"

"等一下，你好歹也是T细胞战士，稍微帮我一下啊。"

"不行不行不行，好可怕！"

一个人对付这么多僵尸吗？ 1146心里一惊。

"哎呀！"突然传来一个温柔又悦耳的女声。1146和初始T细胞吃惊地回头。

他们身后站着一位非常美丽的大姐姐。她穿着用轻盈的蕾丝制成的围裙样式的白色连衣裙，连衣裙的下摆蓬蓬的；她戴着白色的帽子，看样子应该

流感病毒

引起传染性流感的病毒。主要分为 A 型、B 型和 C 型。感染症状为发烧超过 38 摄氏度、头痛、关节痛、肌肉疼痛等。原本不在人之间传播的流感病毒经过变异后可以在人与人之间传播，那么就被称为新型流感病毒。

是白细胞之一。工作细胞为了方便被辨识，都戴着和工作种类相符合的帽子。

被病毒的棒子击中后，普通细胞的头上也会长出像那个棒子一样的帽子，看起来很奇怪，工作细胞一看就明白，病毒已经混进来了。

"嘻嘻，你们怎么样啊？看起来病毒已经繁殖了不少了哇。"

"这位姐姐，现在超级危险，快跑啊……"初始 T 细胞正在大喊，突然注意到了她手里的武器，闭上了嘴。她手里拿着一柄长剑，一剑砍下去，大部分的东西都会被劈成两半。剑长 30 厘米左右，厚厚的剑刃闪着光。

"巨噬细胞，快来帮忙！"

"好好好，工作，工作！"

大姐姐笑嘻嘻地从僵尸背后砍去。

"危险……啊。"就在初始 T 细胞大喊大叫的时候，只听嘭的一声，一个僵尸已经被劈成了两半。挥着剑的笑眯眯的这个姐姐就是巨噬细胞。

巨噬细胞是白细胞中战斗力很强的战士。

"别担心，小屁孩。"巨噬细胞微笑着说。初始T细胞脸一红，害羞了。

巨噬细胞把袭来的病毒一个接一个全部砍成了两半，都没等1146出手。

战斗结束后，巨噬细胞开心地剖开僵尸的身体，把后来生成的棒子取了出来。

"啊，你要干什么啊？"

巨噬细胞的工作不只是消灭敌人，还要分析敌人的情况，报告给上级。即使都是流感病毒，也有不同的种类。

"是B型病毒。"

巨噬细胞从裙子的口袋里拿出一个手机型通信装置，报告道："我是巨噬细胞，体内发现B型流感病毒，位置在咽喉黏膜的内侧附近，请求应对。"

通信装置那边传来一个不慌不忙的男青年的声音："好的，收到了，你那边也加油！"

巨噬细胞回头对1146说："树状细胞会帮我们通知其他器官的同事，很快杀伤性T细胞就会来了。"

"好的，谢谢！"

树状细胞是人体内负责信息公开和发布通知的职员，如果敌人来了，他会尽快掌握敌人的具体情况然后通知战斗细胞。

杀伤性 T 细胞是接到指令就会出动的最具战斗力的部队。

就在 1146 想松一口气的时候，初始 T 细胞扑通一声跪了下来："对不起，1146，巨噬细胞。"

面对这个突如其来的状况，两个人一时有些不知所措。

"能……能不能说这里面的一个僵尸是我杀掉的？"

"为什么……要这么做？"

就在初始 T 细胞快要哭出来的时候，传来咯噔咯噔军靴的声音。在僵尸出现的相反方向，一群身体结实，表情严峻，看起来战斗力很强的青年整齐地走来了。

"哎呀哎呀原来是这里啊，病毒真讨厌啊。"

"我们杀伤性 T 细胞，会把它们都消灭掉的。"

在队伍前面的一个杀伤性 T 细胞发现了躲在 1146 后面的初始 T 细胞："嗨，小朋友！"被他这么一喊，其他的队员也都凑过来，开始责备起初始 T 细胞来："又来？被病毒欺负了吗？"

"什么时候才能有点用啊，你？！"

"你这个样子还能说是和我们一样的战斗细胞吗？"

"对不起，对不起……对不起……"

初始 T 细胞被杀伤性 T 细胞围起来，跪在地上一直不停地磕头。面对他们的嚣张气焰，1146 轻轻地叹了口气。

（这样啊，前辈真麻烦啊。）

"来啊，对面还有很多敌人，上呀！"

"这次你至少给我打倒一个啊！"

初始 T 细胞蜷缩着，被从后面抓着脖子，拖向了有僵尸的那一侧。

T 细胞们向着不断涌出僵尸的那个方向走去。这次有几百具，扔过来的病毒棒数不胜数。

这边，穿过血管壁而来的白细胞战斗部队也来支援了，巨噬细胞也赶来了。

道路突然变成了血雨腥风的战场。

杀伤性 T 细胞的长官——记忆型 T 细胞作出了指示。这位长官是由于作战经验丰富才被选为长官的。

"我们不能掉以轻心，这些病毒增殖的速度太快了，和细菌增殖的速度完全不是一个级别，我们要保证不能再让普通细胞牺牲了。必须彻底根除病毒。"

"冲啊！"战士们大喊着开始了战斗。

这时，1146 注意到初始 T 细胞紧紧闭着眼睛站在血管壁边上，1146 一边用刀子挡住敌人的攻击，一边对初始 T 细胞喊道："喂，你也加入战斗啊。抬起头，动起来，你一直闭着眼睛是想被病毒的棒子砸中死掉吗？"

"是……是的！我也要努力！我和前辈们一样是 T 细胞战士啊！"他用颤抖的手抓住刀子，准备近距离迎击僵尸，但是被僵尸"啊"的一声大喊吓到了，刀子也掉了。

"初始小朋友？"

两个杀伤性 T 细胞赶了过来，从后面打倒了僵尸，问道："喂，初始小朋友，你没事吧？"

"你怎么回事？"

被两个前辈这样一训斥，初始 T 细胞眼里噙满泪水，一转头，向远离僵尸的方向跑去。

"啊，跑掉了！"

"战场是这边啊，初始小朋友！"

两个前辈面面相觑；"我们先别管那家伙了，现在最重要的是击退病毒。"

"喂！喂……"

从战场逃走的初始 T 细胞，漫无目的地走在身体的道路里。但是他太累了，脚下一绊，摔倒了。"呜呜呜，我真是……好没用……呜呜。"

"你怎么了？"一个快活的声音响起，初始 T 细胞抬起头来，看到一座枝叶繁茂的树状通信塔，一个青年从服务窗口探出身来看向初始 T 细胞。这个青年一身绿色的制服，在帽子上有一个树枝状的探测器。

"我是树状细胞，负责信息公开和发布通知。你是……刚刚和巨噬细胞他们一起战斗的 T 细胞吧？怎么了呢？"

注意到初始 T 细胞哭过，树状细胞脸上也开始布满愁云："难道是你们战斗太激烈了？我现在就去和司令官联络，请求增援，别怕。"

被温暖的语言安慰，初始 T 细胞感觉不用再提着一口气了，突然大哭了起来。树状细胞被眼前发生的事情惊呆了。

"不……不是的。我……我是逃跑的。我不敢和那些可怕的家伙战斗，我不像……不像白细胞、巨噬细胞和前辈那样勇敢，像我这种胆小鬼，就应该消失。呜呜呜……"

初始 T 细胞捂着脸哭了起来，然后听到有脚步声走近了，树状细胞从信号塔里出来了，单膝半蹲在初始 T 细胞旁边，靠近他说道："不是的，初始

T 细胞，你振作一些，不只你是这样的，谁也不是一开始就很强大。"

树状细胞从通信塔的仓库里拿出一个相册，放到初始 T 细胞的面前："你看看这个。"

初始 T 细胞看到眼前被打开的那一页，眼泪也被惊得流了回去："这……这是前辈们以前的照片？"

照片里正是刚刚和他一同战斗的两位杀伤性 T 细胞前辈，照片里的他们看起来很狼狈，受了伤，垂头丧气的。他们的帽子上写着"初始"。

不愧是收集情报的工作人员，有很多相册被保管在树状细胞的仓库里。

"前辈们以前也是初始 T 细胞啊，也像我一样哭过啊。"

"是啊，他们严格要求你也是因为你现在和当时的他们一样，他们想要你变得更强大。"

"这样啊……"

"别害怕，初始君，"树状细胞接着说，"白细胞在巡逻的时候发现敌人，巨噬细胞通报敌人的情况，据此，司令官的辅助 T 细胞可以给出指令，最后杀伤性 T 细胞根据指令去战斗，对吧？大家齐心协力，共同完成工作，和你一起战斗的还有很多同伴！"

树状细胞把手搭在蹲在地上的初始 T 细胞的肩上："所以你知道现在应该做什么，对吗？"

"我……我……我的工作是……战斗！是战斗！"这样大叫着的初始 T 细胞全身充满了光芒，看起来勇敢了很多。

"像这样鼓励 T 细胞，让他们振作起来的行为被称为'活性化'，这也是我的工作之一。"因为初始 T 细胞的光芒太耀眼了，树状细胞说话时眯着眼睛笑嘻嘻的。

另一边，在和被 B 型流感病毒控制的僵尸们战斗的白细胞 1146、巨噬细胞以及杀伤性 T 细胞已经筋疲力尽，大家都弄伤了手，喘着粗气。

"可恶，怎么都没减少啊。"

"这些家伙，打都打不完。"

"现在实实在在有上百个战士了。"

"不是，这也增殖太多了吧？"1146 显出有些担心的神情，但是杀伤性 T 细胞一个个高兴得很。

"我也来了！"出现在眼前的是一个穿着蓝色制服，戴着蓝色帽子的青年，左臂上佩戴写着字母"B"的臂章。"我是 B 细胞。"

B 细胞和杀伤性 T 细胞一样，是被称作淋巴细胞的一种专业的战斗细胞，撒手锏是一种叫作"抗体"的武器，他们战斗时都使用这种武器，用子弹和激光束还有药液等不同形态的抗体来应对不同的敌人。

"抗体已经形成，现在应该没问题了。"

激烈的战斗再一次开始了。

现在，"某个人的身体"中的细胞都已经知道了流感病毒来袭的消息，全部进入战斗状态。其实，病毒很怕高温。

如果发现僵尸进房子里来了，就用热水浇它们，如果在街上遇到了僵尸，就点燃火把驱逐它们。这种"制造高温"的做法，普通细胞也可以做到。

所以现在，"某个人的身体"正在发高烧。

人体经过胃和肠产生的营养被做成便当，送到细胞手中，成为他们工作的能量。在这个紧急时刻，用来做这些便当的能量也被节省下来制作武器了。控制"某个人的身体"做出动作的肌肉细胞也节省出自己那一份能量，将其投入战斗。因此，此时的"某个人的身体"没有食欲，昏昏沉沉，不想动，一直想睡觉。

这场战斗大约持续了一周左右，流感病毒才完全从体内消失。杀伤性 T 细胞和初始 T 细胞取得了全面的胜利，握手言和。

"初始小子，这下你也可以独当一面了。"

"是的，前辈！"

"什么细菌和病毒都不是你的对手了！"

T 细胞军团开始大声地唱歌，开心地跳舞，场面十分热闹。

看着他们过分活跃的样子，B 细胞低声对 1146 说："战斗的后半段几乎都是我一个人在出力，是我制作的武器起了决定性的作用吧？"

"嗯，算是吧。"

这时1146的探测器突然发出叮咚一声。

"嗯？又有新的僵尸来了？"

听到了1146的声音，T细胞们也看了过来，只见前面有一个拖着腿走过来的僵尸。

"啊，是病毒。"

"是流感病毒的残留。"

曾经的初始T细胞微微一笑："真是蠢啊，几万僵尸同伴都已经被打倒了，它还敢来，就给个痛快，一击毙命吧。"

曾经的初始T细胞握紧了拳头朝僵尸挥去。"呜啊啊啊啊。"被打飞的不是僵尸，而是原来的初始T细胞。在场的所有人都被惊呆了："啊？""被揍了？"

B细胞从"抗体"武器里喷射出药液，啪的一声击中了僵尸，但是似乎没有起效，本来应该融化消失的僵尸继续朝这边前进。

1146害怕地说："抗体失效了！"

"这就是说……难道……"

这个僵尸看起来和刚刚打败的B型流感病毒

一模一样。

"会不会是 A 型流感病毒？" B 细胞吓得脸都青了。

"我接下来去制作新的抗体，在我回来前，就拜托你们了，T 细胞。"

"等……等一下，我们已经没有体力了。"

被 A 型流感病毒的棒子击中，一些普通细胞已经直接倒地了。

流感病毒有若干种类，与一种流感病毒战斗过的半年内，B 细胞会留存着可以对付该流感病毒的抗体，但是如果过了半年的期限或者遇上不同类型的流感病毒的话，就需要重新制作抗体武器。制作很多武器的话要花很长时间，因此，如果不想患流感等病毒性疾病，需要注意不要让病毒进入人体。

病毒进入人体的话，一般是经过"鼻子"和"口"这两个超级大门。经常洗手，就可以使得手上的病毒减少，从而减少病从口入的概率。

细胞们的战斗还在继续……

4

鼻涕止不住

– 花粉症（杉树花粉过敏症）–

这里是"某个人体"的内部。

得到了外敌侵入的消息，此刻，在对 B 细胞和 T 细胞等专业的战斗淋巴细胞作出指令的司令指挥室里，气氛非常紧张。

"目标正在靠近我们，目标长度 30 纳米左右。"纳米是长度单位，1 纳米相当于百万分之一厘米。

"距离皮肤表面 10 秒、9 秒、8 秒……"在司令指挥室里的是司令官和几个辅助 T 细胞，司令往上扶了扶眼镜，狠狠地咬了咬牙。

"今年，在这个季节也来了啊……花粉症。"

杉树花粉症主要的原因是春天大风携带大量杉树花粉，时间大概从 2 月开始一直持续到 4 月。

巨噬细胞们正在左眼的展望台兼休息室里，她们看到外面有一个浅黄色的球体盖在了眼球上，遮住了眼睛，最终落入眼泪做成的湖中。

接着，不断有这样的球体落下。

扑通扑通，这些球体最终落在眼泪湖中，展望台的玻璃被砸得咣咣作响。

落在湖里的黄色球体开始分裂，从球体里面流出黄色黏液。

这些东西被位于眼泪湖底的排水口——"泪腺"给吸收进身体里去了。

"糟了，是过敏原。快点，快点联络司令部！"不知道是谁在大声叫。巨噬细胞拿出装在连衣裙口袋里的便携式联络装置。

"我是巨噬细胞，在左眼发现杉树花粉症的过敏原已经进入体内。"

司令部很快收到了这条报告，司令官和辅助 T 细胞作出指令："迅速拉响警报。"

鼻腔深处的动脉血管是很宽阔的道路，红细胞 AE3803 正在这里运送氧气，准备送到附近的细胞住处。在她进入细胞住所前的小路上时，突然从空中传来广播的声音："在眼球附近的细胞，请注意，有敌人从附近的下水道进入，再说一次，有敌人进入。"

"敌人？"

"不要啊，那不就在这附近？"

周围的红细胞都炸开了锅，AE3803 心里也很不安。

"早点干完这里的工作吧。"

她打开地图，正准备确认送货地址的时候，看到从脚下的下水管道里有灰尘飘起，接着一个浅黄色的东西从里面爬了出来。AE3803 定睛一看，心里一紧。

这个浅黄色、比红细胞个头还要小的扭来扭去的东西正是杉树花粉症的过敏原。它发出尖锐的声音，身体看起来没什么精神，软塌塌的，看起来像是嘴和眼睛的深坑在一个像是脸的地方长着。

"杉——树——"

过敏原一边大叫，一边快速变大，3803 差点被掀翻在地，"啊"的一声大叫出来。面前这个怪兽突然增大到自己体型的 5 倍，3803 吓得魂飞魄散。周围的红细胞也都尖叫起来，四处逃散。

"那是……那是谁？一边大喊杉树一边变大的？"

"发现抗原!"

穿着白制服的青年闻讯赶来，头顶的探测器正在叮咚作响。他咔嚓一下砍倒了过敏原，过敏原巨大的身体咚地落到地面，发出低沉的声音，彻底瘫在了地上。

"白细胞先生?"

是熟人 1146。

"啊，是你啊，我们又见面了。"

"啊，真的又见面了！这个，到底是什么啊？它一直大喊杉树来着。"

"这个啊，总之吃了之后就懂了。"

"吃了?"

1146 弯下身子，"啊呜"咬了一口过敏原，3808 心里一紧，1146 津津有味地咀嚼了起来。

"唔，这就是杉树花粉里的过敏原的味道啊。现在这个时节也不算少见，体型很大，但是不会致病，是无害的。"

"吃了才能明白是什么东西吗?"

"这是白细胞的独门绝技，叫作'吞噬作用'，吃掉敌人，然后在体内把它分解掉。"

看起来很难吃，但是白细胞有吃掉它的勇气，而且不会吃坏肚子。3803 不禁对 1146 肃然起敬。

被啃了一口的过敏原彻底丧失了活力，渐渐干枯了下去。

"是无害的啊，太好了。"

"虽然这么说，但是这些敌人都是从外面进来的，会成为人体正常运行的阻碍，有的时候也会引起麻烦，所以我们还是决定彻底清除它们。"

"这，这就是杉树花粉症的过敏原啊。"有人大喊了一句。1146 和 3803 回过头去，看见一个穿着黑色 T 恤、灰色背心，系着紫色领带的青年。他正挠着头，一副狼狈的样子。

"怎么回事，是这个家伙混进来了吧？那么，传言就……"

"你是谁？"

"不好意思，我是记忆细胞，是淋巴细胞的同事。为了更好地实现免疫，我要记住所有武器开发和战斗的历史。"

"比如说 B 细胞制作过的武器。"

"原来并不是所有战斗部队的人都是穿战斗服的啊。"

"对了，记忆细胞，你刚刚为什么慌慌张张的？杉树花粉的过敏原不是无害的吗？"

"但是，我们记忆细胞有一个代代相传的传说。"

记忆细胞开始背诵一首预言诗："宇宙飞来灾星，山神震怒，土地崩裂，海洋波涛涌动。"

也就是说，到时候这个世界会同时出现火山爆发、地壳变动、大洪水等大型灾害。

"灾害的预言？"

"是、是这个吗？"

1146 看起来有点不耐烦了，看了看从路上的下水道不断涌出的杉树过敏原，那些过敏原软乎乎地摇来晃去。

"杉——树——"那个过敏原只是用很细的声音喊道，没有做出伤害人的举动。

"现在我懂了。"

记忆细胞的表情很严肃，这时，他的对讲机里发出了声音："出现紧急情况。发现异常数量的杉树过敏原，正在从鼻孔进入身体。附近的人，请迅速逃离，否则会被巨大异物挤压。"

从鼻孔的隧道中传来了哀号，同时地面也发出轰隆轰隆的声音，1146 和 3803 也看到了里面涌过来的过敏原的身影。许许多多的过敏原从鼻孔的隧道中一边大叫着一边涌了出来。

"为什么？为什么有那么多的过敏原？"身经百战的勇士 1146 也吃了一惊。记忆细胞也陷入了混乱："来……来了，世界末日来了。"

司令官和辅助 T 细胞正通过显示器看着这一幕："这些家伙的数量是不是每一年都会增加啊？这样也没关系，我们有秘密武器。"

"秘密武器是指 B 细胞制作的那个武器吗？"

"正是这样，我们去现场看一下吧。"

在鼻子的最里面，1146 对着 3803 大叫道：

"你快逃啊，红细胞！"

"啊，好！"

3803把运送的东西放下，拼命跑掉了。1146看着她消失的背影，自言自语道："它们看起来没有要停止入侵的意思，难道真的是大灾害的前兆吗？"

"交给我吧。"

穿着绿色战斗服的B细胞赶来了，他拿着像枪一样的武器——抗体，在后背上背着药物的容器，这次的抗体武器是药物喷雾装置。

"只要有了这个。"

"喂，B细胞。"

"快把抗体拿过来。"

正在逃命的红细胞，开始欢呼了起来。

看着眼前的景象，1146问蹲在地上的记忆细胞："这种大规模的灾害，可以预防吗？"

记忆细胞还在那里自说自话："神圣雾霭，覆盖大地，地狱之门，就此打开。"

神经紧张的B细胞站在1146他们面前，在离杉树花粉的过敏原最近的地方，取下武器上的安全栓，做好了战斗的准备。

"好嘞，我们走，把它们全部消灭，来吧，免疫球蛋白 E。"

咻——

小药片被制成喷雾，朝过敏原的头上喷去，喷雾像白雾一样笼罩了它们。那些过敏原一下子消失了。

"统统消失了吧。"

"好厉害。"

正在四处逃窜的普通细胞一齐发出欢呼，称赞 B 细胞。

记忆细胞还在翻看着那本很破旧的"传说笔记"，低声吟诵着。1146 向他搭话："你刚刚说的神圣雾霭是指免疫球蛋白 E 吗？现在看起来多亏了这个东西，问题解决了。"

"啊，现在是这样，但是，这之后还会发生更糟糕的事情。"

记忆细胞展示了传说笔记其中的一页："看吧，

这里写道：雾霭成为暗云，之后变成大雨，冲走万物。虽然不知道会发生什么，但是很可怕吧？应该会有什么事情发生的。"

在 1146 和记忆细胞悄悄说话的时候，在和他们有点距离的地方，被众星捧月般称赞的 B 细胞正春风得意，免疫球蛋白 E 的喷雾被开到最大，突突突，就像洗澡的花洒一样洒下来。

被这些散布在空中的雾气一淋，那些杉树花粉的过敏原就从鼻孔那里消失了。

"哇，了不起，B 细胞！"

"再洒一点。"

这时，穿着灰色外套的肥大细胞歪了一下头，她负责调查和监视抗体的使用。她看了一眼显示用量的测量器，又确认了一下过去的记录文件。

"使用这么大的量还是第一次见呢，应该是出现了很多过敏原吧。"

肥大细胞思考着自己能做什么。

"我要做出能够赶走这些过敏原的化学物质。"

这个物质叫作组胺。

"大概这么多就够了吧。"

肥大细胞转动了一下盛放组胺的容器的喷嘴，把喷射量调整到了一般情况的几十倍。

一直沉浸在绝望中的记忆细胞用双手捧着脸，把头抵在地板上。不太理解情况的1146犹豫了一会儿，问道："总之，过量使用免疫球蛋白E不是一件好事吧？"

"恐怕……"

"我懂了。"

1146回头看了下B细胞，跑到他跟前对他说："喂，B细胞，好像不能大量使用免疫球蛋白E，你不知道吗？"

"嗯？为什么？"

1146告诉了他记忆细胞的话。B细胞一惊："什么？传说？哪儿跟哪儿啊。没问题的呀。"

B细胞微笑着，抬起头，指着从天花板上伸下来的组胺喷嘴说："无论如何都不应该担心，肥大细胞也来帮忙了。马上就要从那里喷射组胺了，组胺可以防止过敏原进入人体。"

但就在这时,刚伸出来的喷嘴突然又收回去了。

"嗯?为什么收回去了呢?"

"啊,应该是换更大的喷嘴去了,一定是这样。"

正如 B 细胞所说,一个巨大的喷嘴伸出来了,大概是刚刚那个的 50 倍。

"嗯?"

"什么?"

"怎么会?"

1146 和 B 细胞、记忆细胞完全没有见过这么大的喷嘴,就在他们三人面面相觑的时候,就像是大坝倒塌一般,"轰"的一声,喷出来的组胺成为洪水,以不可挡之势瞬间充满了道路。

"啊啊啊。"

不只是杉树花粉过敏原,1146、记忆细胞和 B 细胞,再加上周围的普通细胞,他们都被水冲走了。

"这，这就是，大灾害？"

1146问在被冲走过程中和他牵着手的记忆细胞。

"不，不是的。这只是个开始，真正可怕的，还在后面呢。"

组胺的洪流在白细胞的专用门中自由穿梭，不停移动，把正在寻找过敏原的白细胞一个个吞没。

洪水中的1146听到了白细胞的哀号。

"糟了，是组胺的洪水。"

"和肥大细胞联系一下，让洪水停下来。"

"不可以，据说为了防治杉树花粉过敏症，是不能停下的。"

"这样下去的话，那个组胺的喷嘴也会因为受力太大而坏掉的。"

果然，这句话的话音还没落，就听到比刚刚的洪水更大的水声，轰隆一声，组胺的喷嘴爆开了，叮叮叮，紧急情况的警报在所有路面上响了起来。

"糟了，紧急免疫系统的过敏反应启动了。"

1146吓得脸都青了。

过敏反应是指皮肤变红或者不住地发痒，伴随身体浮肿、想吐等症状，更严重时会发生支气管堵塞，导致呼吸困难，最严重的情况，身体失去生命体征，死去。

对杉树花粉过敏原的过敏反应发生在鼻子和眼睛，由此演变成不惜一切代价也要把过敏原赶出人体的战斗。

这样一来，工作细胞也不能闲下来了，所有的喷嚏火箭都要发射出去。

阿嚏！阿嚏！阿嚏！阿嚏！阿嚏！

为了不被冲走，1146和记忆细胞紧紧抓着瓦砾，毫无办法地看着喷射的火箭。

"这就是，所谓喷火的大灾害吗？"

爆炸产生的气浪对鼻腔隧道里的门产生了破坏性的打击，门咯噔咯噔响个不停。

"这是，地壳变动？"

　　眼泪之湖涨满了水，汇成洪水，从被叫作泪腺的排水口一泻千里，冲击着本来就不堪一击的鼻腔隧道。

　　"大洪水，传说应验了，这就是杉树花粉过敏原引起的大洪水。"

　　组胺、眼泪和鼻涕一起形成了大洪水，遭遇过灾难后，普通细胞变得气鼓鼓的："怎么会变成这样呢？"

　　"都怪那个家伙！"

　　大家来到 B 细胞的身边，开始七嘴八舌地责骂他。

　　"看看你做了什么好事！B 细胞！"

　　"都怪你随意使用抗体！"

　　"啊？不是我的错啊，有问题的是组胺吧？"

　　"这么说，是肥大细胞的错喽？"

　　普通细胞向位于监视塔的肥大细胞所在地出发。

　　肥大细胞看到突然赶来的普通细胞，大声哭叫道："啊，你们想做什么啊？"

肥大细胞的哭喊完全没有奏效，反抗也没有用，她被拉到了一片狼籍的鼻腔隧道口。

"你看看这个，肥大细胞。"

"不是我的错啊，呜呜，我只是做了自己的工作而已啊，放开我。"

"这肯定是组胺投放太多了啊。"

"肯定是你的错啊！"

1146看着远处吵个不停的肥大细胞和普通细胞，对正在发呆的记忆细胞说道："他们分明只是做了自己应该做的工作而已，怎么会变成这样呢？可是即使明白结局是这样恐怕也只有硬着头皮完成了吧。不管有什么原因，不履行自己的职责都是不可以被原谅的吧？这就是我们工作细胞的宿命……"

这时，1146听到背后有人叫他："白细胞先生！"

原来是本应该已经逃走的红细胞3803。1146

和记忆细胞一回头，看到她正在运送一个半径和她的个头差不多的巨大的黑色球体。

鼻腔隧道有一个缓坡，所以从坡上下来的3803和黑色球体一时间停不下来。

"白细胞先生，帮我停一下！"

但是，太晚了。

咚，1146和记忆细胞被滚下来的球体撞了出去，跟跟跄跄地站了起来。

"是你呀，红细胞，你没事吧？"

"这，是个啥？"

"我也不是很了解。配送地址是这里，你看这里贴着地址呢。是从吸收营养的肠部运送来的，这里还贴着药用的标签，里面应该有什么药物吧？"

红细胞和这个黑色球体好像是顺着水流过来的，但是1146没有见过这个样子的东西。

"这是什么呢？"1146问记忆细胞。记忆细胞摸了摸脖子，表示不知道。3803露出难以置信的神情。

"记忆细胞也没有见过吗？"

"嗯，没见过呢。"

这时候，球体的内部发出了人工智能的声音：
"哔哔哔，到达目标地点。"

咻——，在一阵气体排出的声音之后，球体一下子裂成两半。

"嗯？"

1146 他们看着这个球体，从裂开的地方出现了一个用于攻击的炮塔，在这个炮塔的顶部搭载着一个全自动机器人。

"机器人？"

"目标，细胞，已确认。即将排除。"

嗖——

伴随着一阵阵刺耳而高亢的声音，从炮塔的里面出现一些发着光的能量体。激光在发射前透着一股蠢蠢欲动的劲头。

"什么？"

啪！

伴随着这个小小的声音，一束浅绿色激光发射了，啪嗒一声把鼻腔隧道的门都打坏了。正慌忙逃窜的普通细胞，已经被炮塔中的武器瞄准，激光射向他们。

"执行排除。"

啪嗒，啪嗒。

爆炸气浪把普通细胞弹了出去，他们大叫着消失了。

"啊——"

"呜呜——"

"啊诶诶诶——"

"那，那是什么?! 为什么会攻击我们自己人?" 1146 一边呻吟着一边断断续续地问。记忆细胞大叫一声："我想起来了！"他接着说："我好像听说过，当世界大乱的时候，会出现机器人士兵，就是这个样子。他们会把引发骚乱的人统统消灭掉，不论敌我。这些机器人士兵叫作类固醇。"

类固醇产生于形成尿液的肾脏旁边的副肾，是一种荷尔蒙，有很强的对抗过敏的能力。虽然每次产生数量极少，能量却是顶级的。因为能量太强，作用

时身体会有痛感。作为抗过敏药物，也经常被用作医用。这个机器人不是人体产生的，是一种处方药。

总之，类固醇的能量很大。

谁也没有办法与其相抗，使其停止。细胞们遇到类固醇只能东逃西窜。

类固醇由于电池用光而停了下来。这次骚乱中最大的敌人过敏原也被彻底清除，人体终于不再有过敏反应了。

1146、3803和记忆细胞静静地站在已经变成废墟的旧家园中。细胞们一副狼狈的样子，已经没有力气吵架了，只相互支持着，相互帮助着重建家园。

"B细胞、肥大细胞好像和普通细胞重归于好了，太好了。"

1146这样说道，记忆细胞也点了点头。

"我，我会好好记住今天的事情的。"

"嗯，拜托你了。"

街道的修复工作，应该马上就要开始了吧。

5

打针很痛但有用

– 腮腺炎 –

这里是"某个人的身体"。在记忆细胞的资料仓库兼事务室，同时也是 B 细胞的武器制作室里，B 细胞和记忆细胞一起劳动着。

本来趴在桌子上睡觉的记忆细胞突然发了疯一般大叫起来，正坐在席子上养护抗体武器的 B 细胞疑惑地回头看了他一眼："怎么了你，突然大喊大叫？"

记忆细胞目光呆滞，盯着空中的一个点，嘴里念念有词，这个场景也不陌生了。他说道："流星，人们的战争，外来的使者……"

"你说什么，记忆细胞？"

记忆细胞继续出神地说道："那是什么，我刚刚看到的影像？不会参与战斗也没有武器的我，为什么会做这种鲜血淋淋的梦呢？不可思议。"

"哦……"

"怎么说呢，那不是一个寻常的场景，就像是世界末日的场景一样，如果真的是这样的话，那么我在梦中看到的是未来的事情？也就是说……"

"也就是说？"

"我不只可以记住抗原和过去的战争，我还可以准确地预知未来的事情？"

看着一本正经地胡说八道的记忆细胞，B细胞倒吸一口冷气。记忆细胞完全没有发现B细胞的惊讶，用很严肃的表情说道："如果是这样的话，那么那个细胞出现的时候，这个世界就完了。"

"我说，记忆细胞……"

B细胞被记忆细胞的神神叨叨弄得有点无奈，用卸掉弹药的枪的枪口抵住记忆细胞的后背。"啊！"记忆细胞深吸一口气，举起双手，然后战战兢兢地回过头来，看到卸了子弹的枪，松了口气。

B细胞抱怨道："不要讲一些有的没的，继续写抗原的记录吧。不要再说做梦的事情了。我是依靠着你记忆细胞的记载，才能知道在和敌人战斗的时候抗原管不管用。"

"哦，知道了。"

就在记忆细胞恢复正常的时候，广播响了："现在，在耳朵的下方，脸的旁边，有新的病毒感染现象。请附近的免疫细胞及其他战斗部队迅速赶往现场。"

"敌人来了。"B细胞拍了记忆细胞的后背一把，"你看，记忆细胞，要去现场了哦。得先确认一下是不是已知的抗原，如果是已知的抗原，那就快点制作武器打败它。工作了，工作了。"

细胞和记忆细胞一起来到右耳的下面，这里叫作耳下腺，看起来就像是用泥土建起来的旧工厂。

这里是外面世界的食物进入口中时产生唾液和涎水的地方。

在这个"唾液工厂"工作的细胞哇的一下子逃了出来。

"病毒在哪里？"B细胞问道。

细胞答道："你看，那边那个躲在阴影里的家伙就是。"

"不知道是什么病毒，总之很恶心。"

"是什么呢,那个?"

"长相好奇怪哦。"

"戴着奇怪的面具。"

B 细胞和记忆细胞面面相觑:"奇怪的面具?"

"病毒的细胞,不是会戴那种很奇怪的帽子吗?"

在距离他们 10 米左右的工厂里发出了窸窸窣窣的声音,既像在笑也像在低语,偶尔还会发出扑哧扑哧的声音。

"呼……"

"呼呼。"

"呼呼。"

啪的一声,从门的那边出现了一个看不出是在笑还是在哭的非常怪异的面具,面具上贴着一双下垂的眼睛。面具两边的脸蛋红红地鼓起来。

"呼呼。"

"那是什么?好奇怪的病毒啊。记忆细胞,你知道是什么吗?"B 细胞向身边的记忆细胞问道,记忆细胞此时面色发青,整个人像被冻住了一样。

"喂，记忆细胞！"

记忆细胞两手捂住脸，身体哆哆嗦嗦抖个不停。

"冷……冷静点，我……世界末日还没来，只是……只是……刚刚那个病毒和我梦里梦到的病毒一模一样。"

"真的吗？"

"我要用预知能力来想出对策。来吧，来吧，预知能力，快点来！"

面对突然抓耳挠腮的记忆细胞，B细胞一时间有点手足无措。

"呼呼。"

"呼呼。"

工厂的门那边陆陆续续出现了好多戴着面具的僵尸，它们不断地涌出来，看起来不止100个，啪嗒啪嗒啪嗒，迈着愉快的步伐走近细胞们。

"哇啊，等一下，这个……糟糕了！"

B细胞有点慌乱。

从远处渐渐围到这边来看情况的细胞一个个哭

天喊地，纷纷要逃走，被僵尸抓住，自己也会成为僵尸，到那时候就全完了。

"糟了，如果不知道那是什么东西的话，也没办法制作武器。记忆细胞，你快振作一点。"

但是这时的记忆细胞一边嘴里念念有词一边用手捂着脸蹲在地上。突然有几个僵尸一下子跳到他们身边开始攻击他们。

"呀——"

B 细胞忍着尖叫，护住了记忆细胞。

"叮咚。"

随着这个熟悉的声音，一个白影在他们眼前一闪而过。

"发现抗原。"

白细胞 1146 以迅雷不及掩耳之势一刀割断了戴面具的僵尸的喉咙，僵尸倒在了地上。

"啊，谢谢你，白细胞。"

"好久不见了，B 细胞和记忆细胞。"

"也没有很久吧？"

分明刚刚被白细胞所救，记忆细胞现在却像没有注意到白细胞一样，完全沉浸在自己的自言自语中："来吧，来吧，预言，来吧，来吧，睁开吧，我的第三只眼睛。"

"你怎么了，记忆细胞？"

1146一边问，一边和僵尸战斗。一个戴着面具的僵尸和1146撞在一起，1146很快就退到了墙角，一动不能动了。

"这个家伙怎么回事，力气也太大了吧？"

"呼呼。"

"呼呼。"

"呼呼。"

"嗯？"

"呼呼。""呼呼。""呼呼。""呼呼。""呼呼。""呼呼。""呼呼。"

从工厂中不断涌出戴着面具的僵尸，它们把1146围了起来。不只是工厂里面，周围的房间和很高的屋顶上也不断有戴着面具的僵尸涌出来。

"什么？等一下！真的假的？"

戴着面具的僵尸们一起压到1146的身上，

1146 发出阵阵惨叫。

"呜啊。"

赶过来的白细胞战斗部队和戴着面具的僵尸混战起来，和 1146 一样，他们一个个都被多数的僵尸压制，渐渐溃不成军。

"这些家伙，势头太强劲了，不停地增长。"

为了不被找到，B 细胞拽着记忆细胞躲在崩塌墙壁的瓦砾后面，瑟瑟发抖。他问记忆细胞："我从没见过这么多病毒，到底这是什么病毒啊？"但是记忆细胞只是出神地望着那些被病毒不断毁坏的街道，根本没有一点斗志，还不断地嘟囔道："这是什么事情啊，在预言的梦中看到的战斗开始了，但是又和我看到的有一点不一样。那么，我的预言梦马上就要变为现实了吗？那样的话，这个世界就……就完了。终于要完蛋了吗？来吧，来吧，让我看到如何应对吧！"

"这样下去可不行，总之，我们先逃跑吧。"

B 细胞又拉着记忆细胞，一起朝街上跑去。跑着跑着遇到了一群混乱的普通细胞。

"啊，B细胞，你来了！"

"快点制作抗体，帮帮我们啊。"

"这种病毒很了不得哦。"

这一次他们不是被戴着面具的僵尸，而是被普通细胞们围了起来，被逼着给一个答案。

"等……等一下，如果没有抗原的已知数据是无法制作抗体武器的，首先需要拿到那个病毒的分析数据才行。"

"B细胞，也是白细胞的一种吧？"

"虽然是这样，但是我没有他们的武器'酵素'，也不会用，我战斗用的武器是抗体。"

普通细胞对于B细胞的这番解释并不买账，渐渐愤怒起来。

"什么啊，能不能有点用。"

"快做点什么啊。"

"现在这么说也……"

B细胞被逼急了，突然瞪着记忆细胞："记忆细胞，差不多该明白了吧？"

记忆细胞一直闭着眼睛，嘴巴一收，正在集中精力思考着什么，突然，开始用头咚咚地撞墙。

"好气，完全不知道啊，觉醒吧，我的奇迹预言能力！"

"啊，你在做什么啊，记忆细胞？"

这个时候1146终于摆脱了压制自己身体的戴着面具的僵尸，又重新投入战斗，其他的白细胞也一样。

过来帮忙的巨噬细胞用蓬蓬裙飘起的裙边一下子扫倒数十个僵尸，轰的一声，那些僵尸被华丽地甩了出去。

"原来是这种东西啊，哈哈。"

"你救了我们，巨噬细胞。"

"我现在要去向T细胞司令汇报敌情——有抗原出现。我很快就回来，白细胞同志们，请保重。"

"好的，拜托你了。"

但是，1146觉得很不安，一边深呼吸一边思考着：如果去汇报了抗原出现的消息，那么杀伤性T细胞就会作为援军赶来，但是，我们能撑到那个时候吗？敌我兵力悬殊过大，怎么杀都杀不完。

然后他一回头："诶？记忆细胞和 B 细胞哪里去了？"

B 细胞刚刚被普通细胞们围住问"能不能有点用"，心里很生气，于是强行拉着记忆细胞回到了一开始的资料仓库。他顺手从书架上取下过去数据的资料，然后直接把它们摊平在地板上，强迫记忆细胞道："来啊，记忆细胞，一起找一找啊。"

但是记忆细胞还是和刚刚一样，一边挠头一边想着预言的事情，忽视了 B 细胞的话。

"喂，看看有没有那种看起来很像的病毒，总之，先要找出可以制作武器的线索，看看有没有什么有用的信息，我们也得好好工作啊。"

"你能别和我讲话吗？B 细胞，我现在……我现在马上就可以看到未来了。"

果不其然，这时 B 细胞爆发了："未来到底怎么才能看到啊？现在是非常时刻啊。"B 细胞一把抓起记忆细胞的领子，说道："你是记忆细胞吧？

你能不能在预言未来之前先想起过去的事情啊?"

　　B 细胞用手上的资料矸的一声敲了一下记忆细胞的脑门,记忆细胞像是马上要倒下一般,朝后退了两步,B 细胞马上去扶住他。就在这时,记忆细胞突然眼睛一亮,讲起过去的事情:"这……这太突然了。那是这个世界刚刚开始还没多久,很遥远的过去的事情了。

　　"那个时候,在没有人能够得到的天空上,出现了一个巨大的筒状的物体,这个筒状物体发着银色的光,在这个筒中,有被封印的其他世界的人,他们被变成球体投放到大地上。从这些球里面出来了一些戴着面具的僵尸,不知道为什么,看起来它们已经死了。这些僵尸战斗力非常弱,立马就让白细胞打败了。

　　"虽然它们战斗力很弱,没有产生什么危害,但我还是按照规定把它们的标本和抗原数据记录在案了。"

　　突然记忆细胞大叫一声:"啊!那个画面,不是未来的预言,是我看到过的过去的图景。"

记忆细胞撞开 B 细胞，匆忙去拿资料。

戴面具的僵尸和白细胞、巨噬细胞之间的战斗非常惨烈，和刚才一样，战局对僵尸们比较有利。已经疲惫至极的白细胞被追到了唾液工厂的深处，面具僵尸像是身后拖着什么重物一样爬过来，简直要把他们挤死了。

"它们来了，好像是想一下子消灭我们。"

1146 和同伴们准备好武器，正在等待攻击的时机。

就在这时，咕噜咕噜咕噜，唾液的池塘突然开始冒泡，池子的底部打开了。唾液哗的一下子流了下来。

"什……什么情况？"

面对这个突如其来的状况，站在唾液池边上的 1146 急忙向消失的池底看去。黑魆魆的洞穴中发出轰的一声机械声，两个细胞一齐升了上来。"大家好！"

是记忆细胞和 B 细胞。

"久等了！"

两个人精神抖擞，共同乘坐着一部新型武器——固定炮台的激光炮。

"抗体完成了！"

B细胞一笑，打开了抗体武器的开关。人工智能的声音响起："**正在识别目标，识别完成，抗原锁定，能量补充完成。**"

咔咔咔咔，喀喀喀喀。

随着巨大的声响，激光发射口的光线十分耀眼，而且耀眼程度不断增加，B细胞认真地操作触发装置。

"吃我一击，病毒混蛋，让你们瞧瞧获得免疫光波的厉害。"

轰隆隆。

发射的光波在天空中扩散，追踪着面具病毒，然后面具病毒真的一个个被消灭了。

不过为什么在光波之后天空会出现"了不起，B细胞"的烟花字样，谁也不知道。

B细胞一下子把面具细胞消灭得无影无踪，收

获了大家的掌声和喝彩。

"好厉害，一下子就消灭干净了。"

"比等待指令的淋巴细胞还要快呢。"

"好样的，B 细胞。"

"不愧是抗体武器啊。"

"好帅气。"

在扬起下巴、满面得意、向欢呼的人群挥手致意的 B 细胞旁边是自言自语的记忆细胞："能够做出抗体，多亏了我的记忆。"

他的自言自语被 1146 听到了。1146 想，这么说也对，毕竟这两个人是搭档，是他们共同做出了武器。

B 细胞也听到了记忆细胞的话："你在说什么啊，本来啊，记忆细胞……"

记忆细胞以为 B 细胞是要夸奖他，有点害羞了："啊……那个……嘿嘿。"

"把本来应该当作抗原记住的病毒彻底忘记了，还把它当成关于未来的预言图景，不是太糟了吗？"

"怎么回事？" 1146 在台下问。

B 细胞拿出了藏在身后的资料，并且在众人面前展开了。

"这个啊，是记忆细胞的大失误，请看这一页。"

1146 离开池子的边缘，一跃落在了武器的台子上，记忆细胞顾不上焦虑的心情，也朝 B 细胞打开的资料看去。

这里明明白白记载了面具病毒的照片和数据。

流行性耳下腺炎病毒，是俗称腮腺炎的致病病毒，在耳下腺寄生是它的特征之一。即使寄生在细胞中，不到 18 天左右是不会显示真身的，这个时期的细胞不会像僵尸。就这样，这种病毒靠着这么长的潜伏期不断实现数量的增长。

"所以这次才会出现这么多啊，比流感病毒的潜伏时间还要长呐，原来一直在偷偷增加数量啊。"

"本来资料这么详细，但是记忆细胞，就因为你冒冒失失的，大家才受了这么大的罪。"B细胞笑着说道。

记忆细胞说："这次就忘记我的过错吧。"说完羞愧地逃走了。

像这种流行性耳下腺炎病毒，如果数据曾被记忆细胞记录过一次，不管什么时候，只要是同种病毒，细胞就可以制作出攻击力很强的抗体，把这些病毒全部消灭。

虽然不是所有的病毒都这样，但是对付麻疹、水痘、风疹等疾病的病毒，都可以使用以前的记录。

这叫作"获得性免疫"。如果曾经得过一次，身体就绝对不会忘记这些厉害的病毒，这是人体的一种机制。

利用这种机制，特意把没有活性的、非常弱的病毒——疫苗送进身体里，供记忆细胞记录，这也是一种对付病毒的方法。

这就是预防接种——对，就是打那种很痛的

针。在很小的时候，很多人都打过类似的针。虽然
打针很痛，但是在和很厉害的病毒战斗的时候，很
有用。

6

热到想吐

- 中暑 -

好热。

太热了。

红细胞3803已经热到没什么精神了，她和长发学姐一起走在脖颈附近。周围还有一些红细胞。

这里是被称为毛细血管的窄小道路。红细胞们慢吞吞地排着队向前走。这是一条普通细胞建造的房屋与房屋之间的小路。它位于身体内部与"外部其他世界"之间隔断的门附近，所以外面世界的热气正在不断地传向这里。

3803抱怨道："前……前辈……好热啊。"

"如果整个世界热起来，那么全身的细胞就会感觉疲劳，所以，我们血液细胞需要在毛细血管里行走，把身体世界里的热散到外面的其他世界去。"

是的，3803他们现在什么都没有运送，只是因为身体里酷暑难耐，他们才必须在靠近外面世界的地方移动。

在运送氧气的时候，他们的外套是鲜艳的红

色，在运送二氧化碳的时候，他们的外套会变成暗红色，现在这个可以双面穿的外套已经全湿了。在外套下面是黑色的背心。

"好热，好热啊。"

"没关系的，如果出汗的话就会变凉爽。快看，马上汗腺的喷管就会让汗流出体外，世界就凉快了。哇——"

"不好意思。"

跑着撞到红细胞前辈的是一个白细胞青年。3803一看，这个白细胞的脸很熟悉，正是白细胞1146。

"白细胞先生！"

在他的视线里，一个没有见过的小型细菌正在逃跑。

"真是难缠的家伙啊。"细菌怪物大喊道，同时它准备抓住手边的红细胞当作人质，于是停下了脚步。1146很快就赶到了。

他扭住细菌怪物的胳膊，从后方把它推倒在地，然后骑在怪物的身上制住它，把战斗用的刀子插在了怪物的背上。

"哇啊——"怪物大叫一声，不能动了。

叮咚叮咚，1146帽子上的探测装置砰的一声立了起来。1146表情严峻，站起身来，站到一边去，从白色战斗服的口袋中拿出便携式通信设备，开始汇报："我是1146，最后一个细菌怪物已被消灭。"

然后，从裤子的口袋中拿出一个喷雾剂，摇了摇，喷在了细菌怪物的身上。细菌怪物彻底消失了。

红细胞们吵吵嚷嚷，在远处看着这一切。

"那是白细胞……中性粒细胞。"

"在这么热的天气也能跑来跑去，真是有活力啊。"

3803向1146走去："辛苦了，白细胞先生。"

"你好啊，红细胞。"

正准备起身的1146突然眼前一黑，向后倾了一下。

"你怎么了？"

"啊，没什么事。"

1146 他们这些中性粒细胞的脸色一直就是惨白的，脸上又没什么表情，所以 3803 很难判断他是不是身体不舒服。

"白细胞先生，你穿得好多啊。"

1146 穿着和平时一样的战斗服——白色长袖长裤，下面穿着白色的靴子。

"装备都在战斗服中，如果不穿的话，遇到紧急情况就很难处理了。"

这时，路边的喇叭开始广播："因为体温上升，现在要排汗了。"

3803 看到周围的红细胞都松了一口气的样子。

"要出汗了。"

"太好了，这下可以凉快点了。"

"一起去看看吧，白细胞先生。"

3803 邀请了前辈和 1146 一起去附近汗腺的排泄口看排汗的过程。排泄口的前面设置了直播用的摄像机，之后会把拍摄到的画面投影到巨型显示器上去。

在汗腺的排泄口，有液体滴滴答答地流出来了。

"那就是汗吗？" 3803 小声说。

"好奇怪啊。"前辈看起来有点不安。

"汗是一流出来就会变成雾状蒸发出去的，蒸发的过程会把热气散发出去。但是，现在这些汗保持着液体的形态。"

"怎么回事？"

"可能是外面世界的空气中现在充满了水汽，不能再接收更多水分了，结果就是人体不能散热，也不会变凉快了。"

周围的红细胞听到前辈这么说，乱成一团。

"因为出汗可以散热，所以我们才把热量运到这个和外面世界很近的地方来，结果白费力气。"

这时候，从名叫动脉的巨大管道中又涌出大量的红细胞，他们朝这边压了过来，势不可挡。大家都是为了在这里放出自己体内的热量而来。

毛细血管的狭窄道路里现在挤做一团，大家更热了，都要喘不上气了。

3803 和前辈他们走散了，正被挤来挤去。

"啊——"

这时候 1146 抓住了她，他结实的胳膊同时还在保护着两个血小板小女孩。

"啊，白细胞先生。"

（可以迅速保护两个血小板小女孩，白细胞真是靠谱啊，真帅气。）

她转向 1146 说道："谢谢你救我，发生了什么事情？"

"是血流增加的现象。如果单是血流增加的话，可能只是体温调节系统有问题，但是现在增加的量太异常了，而且冷却机能也没有很好地运作。现在这个热度，连我都没有经历过。一直不停上升的体温，难道说，这就是……"

突然，道路上方的天花板上，灯啪的一声全部熄灭了，这里变得一片漆黑。

"啊啊啊——"

"怎么回事啊？"

"好害怕。"

红细胞们陷入一片混乱。

"为什么全黑了？"

"不会是世界末日吧？"

"这到底是怎么回事啊？"

"好讨厌呜呜。"

轰的一声，地板发生倾斜，细胞们站都站不稳了。

"啊，哇，要摔了！"

"别推我！"

"抓住点什么啊！"

就在3803感觉自己要被挤死了的时候，1146一把搂过她，在她耳边小声地说："……糟了。"

咚——

从很远的地方传来一声低沉的声响。

嗡——

震动的感觉也传了过来，红细胞等工作细胞此时不断发出哀号，一个个蹲在地上瑟瑟发抖。

这时，这个身体的主人因为过于炎热而身体不

适，产生了眩晕的感觉，之后失去了意识，跌倒了。

当然，这件事情，身体内的细胞们是不知情的。

因为这个时候"某个人"是张着嘴倒下的，所以在地上静待时机的细菌怪物们不断向身体中飞进来，当然，这件事情，细胞们也不知情。

大概过了多久呢？

终于，细胞们习惯了这里的黑暗，慢慢可以看清楚个大概了。

"哇啊——"

令人毛骨悚然的尖利的笑声在黑暗的地方响了起来。

"好弱哦，太弱了。因为有点热就惊慌失措。"

"这个声音，是抗原的！"

叮咚——

1146 抬起头，看到一只长着八条手状触手的灰色细菌怪物，它在天花板附近的天空中飘浮着，正在俯视着细胞们。

"这个身体给你们这些软弱的家伙真是可惜了，所以，这个人体我蜡状芽孢杆菌要了。"

啊——细菌来了！

红细胞又乱作一团，企图东逃西窜，但是他们挤在一起，很难移动。

1146艰难地站起来，瞪着细菌怪物。细菌怪物注意到了，从天空中咻地滑下来，来到了1146的正上方。

"呦呵，你就是白细胞啊？"

"是啊，你准备趁火打劫吗？"

一般说来，躲在如土地等自然环境中的蜡状芽孢杆菌是引起食物中毒的元凶。这种细菌非常耐热，一旦感染人体，即使在100摄氏度的高温中煮30分钟也不会消失，而且，非常容易适应环境，破壳出来之后就会横冲直撞。

虽然中暑了，但是也不至于被蜡状芽孢杆菌侵袭，这一次纯粹要怪这个人体运气差。

"我们赌上蜡状芽孢杆菌的名声，一定要夺取这个身体。白细胞，来决一死战吧！"

"红细胞，血小板们就拜托你了。"

他把原本揽在怀中的两个血小板交给3803，做好了战斗准备。但是……

"逗你的！"

细菌怪物从上面一溜烟逃走了。

"什么？"

"笨——蛋！什么一决死战啊，这个人体，只要静静等待很快就完蛋了。在那之前，请允许我先躲起来嘻嘻。"

"等一下，你这个细菌混蛋。"

1146踩着红细胞的肩膀和后背，从他们头顶飞了出去，去追细菌怪物了。

"白细胞先生，加油啊！"

3803的声音在1146的背后响起。

昏暗的毛细血管中到处都挤满了红细胞。细菌怪物脸上露出了轻松的表情，一边和1146开着玩笑，一边从这群推推搡搡的红细胞的头顶飞过。

"啊啊啊，这个家伙到底要干什么，它难道不热吗？"

"哦，应该是想顺着血液的流向隐藏起来吧。"

"这家伙可真走运，现在这个血管的血液流速好快，好像在说：蜡状芽孢杆菌，好好藏起来，快点侵略这个人体吧。不对，实际上，他们就是这么做的。"

细菌怪物一边盯着红细胞一边讪笑着。1146正在全力追击细菌怪物，一脚把挡在中间的墙壁踢开，跳起来，准备暴揍一顿细菌怪物。

"不要太得意。"

"哎呦，好险。"

细菌怪物躲开了1146的拳头，朝着天空飞去。1146因为刚才踏着红细胞的身体跳跃，所以现在被红细胞们抱怨。

"啊，别推我啊。"

"很痛呀，白细胞。"

"你在干什么？"

1146 大声答道："我在追细菌怪物啊。让我过一下。"

"讨厌啦！细菌？在哪里啊？"

"太黑了看不到。"

"好黑啊，而且好热，这算怎么回事啊？"

"好热啊，好热啊。"

"有人能说明一下状况吗？"

白细胞被杀气腾腾的红细胞慢慢地围了起来，被从上面拽了下来，然后被不断挤来挤去，终于到达了血管壁的门口，终于可以到外面去了，向外面有点空间的地方移动。

"哈……哈……唔……唔……哈……哈……哈……"

白细胞喘不上气了，好想吐，没有力气，终于咚的一声倒在了地上。

因为太热了，即使出汗也很难降低体温，在努力排汗之后，身体里的水分和盐分减少了，热量囤积，突然想吐是中暑的症状。

如果症状很轻的话，在稍微凉快一点的地方休息一下，用运动饮料等含有盐分的饮料就可以缓解症状。但是如果症状严重的话，有可能危及生命。

为了避免中暑，夏天的时候应该多摄取水分，外出的时候戴帽子，或者不要忍受炎热，尽快到凉快的地方休息。

"哇哈哈哈，这可太好了，这个身体里面连白细胞都中暑了，似乎是在这个酷暑的天气里工作得太努力了。"

回到上方的细菌怪物找到了1146，正在嘲笑他。

准备偷袭的1146现在重新把刀子握在了手中，但是就在他想站起来的时候，摇摇晃晃的双腿被细菌怪物的触手横扫了一下。扑通一声，1146惨不忍睹地摔在了地上。

"啊……"

1146很不甘心，正咬着牙。

这个时候，在汗腺——排汗管理委员会中，工作细胞们陷入了巨大的恐慌。

"队长，现在处于史上最严重的缺水状态。"

"已经无法出汗了。"

面对穿着工作服惊慌失措的工作细胞，队长下达了命令："把所有的盐分，也就是钠元素全部集中起来，然后从身体的深处收集所有的水分。"

"不行，钠元素已经基本用完了，和水分一起，以汗液的形式一起流向了体外。"

"队长，怎么办？"

"我想到一个万全之策，"就在工作细胞们你一言我一语的时候，队长的表情突然严肃起来，"其实，还有一个办法。"

说完之后，队长沉默着走出了管理室，不一会儿，他以一身怪异的装扮回来了。腰上是麦子做的腰带，后背上是带着叶子的树枝，低垂的脖子上装饰着哗啦作响的树的果实。

队长的头上还挂着几个葫芦，看起来像是戴了一项巨大的皇冠。

"队，队长？"

不顾工作细胞们诧异的神情，队长朝着视频中汗腺的排泄口跪拜，头饰哗啦哗啦响起来。他一边用手控制住头饰，一边吟唱着咒语："该……降……雨……了……"

"什么，队长？"

队长抬头看向天花板，然后又是一拜，一本正经地吟唱着咒语："大雨啊，大雨啊，降下来吧，降下来吧，哈啊，降下来吧，降下来。"

细胞们吵吵嚷嚷的。

"祈雨吗？"

"糟了，队长不正常了。"

"已经没办法了是不是？"

就在队长祈雨的时候，这个身体的体温正在逐步上升，所有的细胞都难以呼吸，动一下也觉得很难受。

现在还有活力的只有耐高温的蜡状芽孢杆菌了。

被细菌绊倒的1146又被细菌怪物从上空伸下

来的触手提起来，看到了细菌怪物故意让他看到的景象：其他的触手正在破坏周围的血管壁。

"哈哈哈，快看啊，体温调节系统现在已经完全不起作用了。这个身体已经完了。"

讪笑着的细菌细胞对怒目圆睁的 1146 说道。

"太遗憾了，白细胞，你没能保护大家。"

"永别了。"细菌怪物啪的一声放开了 1146，并大声宣告，"你听着，这点热量对于我来说根本不算什么。那我首先就把胃破坏掉，然后再去大脑，给你看看本大爷的实力吧。"

1146 拼命抓住了正准备起飞的细菌怪物的一只触手。

"我不会让你去的。"

"你还真是倔强啊。"

细菌怪兽把没有被抓住的触手全部挥舞起来，不遗余力地朝着 1146 的身体攻击。

"放弃吧，你这家伙。"

"我绝对不会让你危害这个身体的。"

"不不不，白细胞，你接受这个现实吧，这里的体温调节系统已经彻底坏掉了，和外面的气温一样了。已经全部结束了哦。"

"不管怎么说，现在这个人还活着，不论是体温调节系统有问题，还是你说我现在白费力气，都不能成为我此刻放弃工作的理由。"

细菌怪物马上换上了一副觉得很麻烦的表情。

"真蠢啊，临死前歇一歇不好吗？"

1146被触手扔飞出去，又被狠狠地摔在地板上，然后掉进了下面开着的口子——连接下一层的通风口里。

虽然意识有点模糊，但还是能听到怪物的呐喊声："藏到隐蔽的地方，不断分裂生殖，然后趁着细胞们现在因为高温而乱作一团的时机，夺取这个身体。这样的话，这里就都是我的地盘了。太棒了，太棒了。笑得停不下来了。我已经无人能挡了。"

就在这时，从天花板上射进一道光来。

"什么东西？"

周围亮起来了。3803和血小板女孩们抬头向上看，注意到天花板上有一道光。

"那道光，是什么啊？"

"好温柔的光线啊，红细胞姐姐。"

血小板女孩眯起眼睛看着天花板。

"是啊，变得凉快了呢。"

"可以大口呼吸了。"

"是呀，一下子变凉快了，怎么回事呢？"

从有光漏下来的地方伸出一个以前从没见过的巨大的银色管道，管道的最前端被斜着削去了一部分，所以呈现出非常尖锐的形状。

发现了这个管道的红细胞们立刻沸腾起来了。

"那是什么？那是什么？"

啪嗒一声，从那个尖锐的末端掉出了一滴透明的物体。

"水？"

"水从这个管道里滴下来了？"

突然，哗啦一声，大量的水滴从管道中不断落了下来。道路马上成了河流，从地面和墙壁上渗出水去。因为水会不断渗出去，所以道路上的水也不会淹到人。

"哇，是水啊。"

"呜哇，好凉快。"

在汗腺管理事务所里，队长和细胞们相互拥抱。

"太好了，太好了，队长。"

"队长的祈雨仪式，被上天看到了。"

队长取下葫芦的王冠，抚着胸脯，流下了感动的泪水。

"没有放弃太好了，这样的话，这个身体也得救了。"

细胞们不知道，这个身体的所有者"某个人"其实被救护车送到了医院，被确诊为中暑，然后医生给他输液补充了水分。

从天而降的巨大的管道是输液的针管。

输液就是先把针管刺入静脉，也就是平时红细胞把二氧化碳运离肺部时经过的大路，然后把水分和钠元素等物质输送进身体。

输液之前细胞觉得变凉快了是因为那时候医院

开着空调，细胞觉得变亮了是因为昏过去的"某个人"恢复了意识。那时正在医院输液的"某个人"的腋下和脖子还有大腿等有较粗血管的地方被放了冰袋——装有冰块的袋子，一般用于降温，所以"某个人"的体温渐渐恢复了正常。

这时蜡质芽孢杆菌慌了。

这个身体中的灯光渐渐都恢复了，体内变得越来越亮了。

"啊，全变亮了，这个身体在恢复吗？也没有用药，只靠水分和冷却就可以做到……怎么会有这种事情呢？"

这时，不知是谁在细菌怪物的背后抓住了它的触手，咔的一下拽了一把。没有站稳的细菌怪物战战兢兢地回过头来。

"啊，现在身体好清爽啊，不困了，体温也降下来了。"

是1146！

虽然他全身湿透，但是刚刚空洞的眼睛已经恢

复了往日的神采。

在就要滚落下去的时候，1146下意识地打开了战斗服里的装置，那是可以阻止白细胞下落的装置。

多亏了这个装置，他才没有掉到管道里，而是被挂在了管道壁上，最后被水淋到，终于恢复了意识。

然后，他用梯子爬了上来。

1146现在若无其事地挥舞着刀子。

"啊，白细胞大人，求你饶了我。"

"不能原谅！"

白色的刀光一闪而过。

解决掉细菌怪物的1146走向凉爽而明亮的毛细血管，一转弯，从血管壁上的门进入了毛细血管。红细胞3803和血小板女孩们正好在那里。

"啊，白细胞哥哥，你在这里啊？" 3803和血小板女孩们靠了过来，"细菌呢？"

"已经被消灭了。"

"白细胞先生，据说在脖子和腋下等有宽广道路的地方特别凉爽，要不要一起去看看？"

3803 拉起他的手准备出发。

"啊，好。"

大家一起去脖子那里，发现确实凉快很多，感觉很舒服。

"真的啊，不过，为什么会这样呢？"

"我也不知道，不过现在就想待在这里。"

大家一起来到休息处，从茶水机中接了凉的大麦茶，在道路边的椅子上坐下来休息。血小板女孩子们看起来很享受这茶水。

看着 1146 盯着血小板们喝茶的样子，3803 苦笑了一下："白细胞先生，你看，她们看起来很放松，你是不是也应该用轻松一点的表情应对工作呢？"

"也对哦，警报没有响起的时候，就放松一点吧。"

1146 解开了战斗服领口的一颗扣子。

"好凉快啊。"

"对吧？"

3803 和 1146 相视一笑。

工作细胞的工作，以后每天还是要继续。

只要这个身体还活着，工作就不会停止。